Nahid Keshavarz

Flüchtlingscafé

übersetzt aus dem Persischen
von Monika Matzke

Erzählungen

sujet verlag

Originalausgabe:
Kafe Panahandeha
Forough Verlag, Köln
2. Auflage 2016

CIP - Titelaufnahme in die Deutsche Nationalbibliothek

Keshavarz, Nahid
Flüchtlingscafé
Aus dem Persischen von Monika Matzke
ISBN: 978-3-96202-014-9

© der deutschen Ausgabe 2018 by Sujet Verlag
Umschlaggestaltung: Ina Dautier
Satz, Layout und Korrektorat: Till Finke
Druckvorstufe: Sujet Verlag, Bremen
Printed in Europe
1. Auflage 2018

www.sujet-verlag.de

Inhalt

Meinem Sohn Mani gewidmet.

Herr Morteza und Kaiserin Soraja

Herr Morteza ist mittelgroß und hat eine durchtrainierte Figur. Seine schwarzen Haare stylt er nach oben und hält sie mit Gel in Form. Dichte, schwarze Augenbrauen, die er wohl ein wenig korrigiert hat, schöne Augen und eine kräftige Gesichtsfarbe geben ihm ein angenehmes Aussehen. Seiner äußeren Erscheinung und seinem Kleidungsstil misst Herr Morteza große Bedeutung bei. Wenn er es für nötig hält, verzichtet er auf das Abendessen, um die Figur zu halten. Er meinte, das sei schon immer so gewesen, aber es sieht eher danach aus, dass er sich den Umständen hierzulande angepasst hat.

Vor drei Jahren ist er nach Deutschland gekommen, es war schwierig für ihn, seine Aufenthaltsgenehmigung zu erhalten. Aber seit mittlerweile zwei Jahren lebt er mit seinem Freund und Mitbewohner Herrn Reza in einer kleinen Stadt in einer Zweizimmerwohnung. Herr Reza hat seine Aufenthaltsgenehmigung schnell erhalten, aber er hat die Gelegenheit verpasst, seine Frau nachzuholen. Jetzt muss er Geduld haben und eine richtige Arbeit finden, damit sie zu ihm kommen kann. Obwohl sie ihre Wohnung nach den Vorschriften räumen müssen, suchen sie weder ernsthaft nach einer neuen Bleibe, noch haben sie eine große Chance, eine zu finden. Vielleicht haben sie sich aber vor allem daran gewöhnt, zusammen zu sein und deshalb die Suche nach getrennten Wohnungen aufgeschoben.

Herr Morteza ist mit der gesamten Situation und seinem Leben zufrieden. Er äußert seine Gefühle und Freude darüber so deutlich, dass seine Bekannten sich fragen, ob es in seinem Leben vielleicht etwas gibt, von dem man nichts weiß.

Schon wenn er morgens aufwacht, freut er sich seines Daseins auf dieser Welt und zeigt dies durch fröhliches Pfeifen oder Singen. Einige Monate lernte er Deutsch, dann reichte es ihm und er sagte: „Für meine Bedürfnisse reicht es aus und Schluss." Freilich ist er dadurch nun auf die Hinweise und Unterstützung seiner Umgebung angewiesen, trotzdem kennt er sich immer voll aus. Aber eigentlich ist es nicht klar, weshalb er so davon überzeugt ist, dass er hier reich sein und ein gutes Leben führen wird.

Obwohl er keine feste Arbeit hat, steht er frühmorgens auf, duscht, kleidet sich sorgfältig und verlässt die Wohnung, um – wie er selbst sagt – nicht schwermütig zu werden. Er hat sich in einem günstigen Fitnessstudio eingeschrieben und geht mehrmals pro Woche dorthin. Vor einem Jahr hat ihm ein Bekannter aus dem Studio eine Beschäftigung vermittelt, nämlich regelmäßige Besuche und Einkäufe für eine ältere deutsche Dame.

Frau Müller ist eine korpulente Frau, die sich nur mit Mühe bewegen kann. Dennoch ist ihr ein gepflegtes Äußeres sehr wichtig. Jede Woche kommt eine Friseurin zu ihr nach Hause und macht ihr die Haare, kauft neue Kleidung für sie ein und berät sie auch in Stilfragen. Frau Müller nimmt jeden Morgen mit Unterstützung eines Pflegedienstes, der ihr die Medikamente verabreicht, ein Bad und zieht sich schick an, als ob sie ausgehen möchte.

Anfangs soll Herr Morteza die Einkäufe erledigen. Auf der Einkaufsliste von Frau Müller steht jede Woche leckeres Gebäck, das Herr Morteza aus einer Konditorei in der Nähe ihres Hauses abholt, ohne dafür zu bezahlen. Auf diese Gebäckstücke, die jede Woche nach telefonischer Bestellung von Frau Müller zur Abholung bereitstehen, wird reichlich Sahne gespritzt und auch Herr Morteza sucht sich Verschiedenes zum Probieren aus. Wenn er von den Einkäufen zurückkommt, brüht er Kaffee auf, wobei Frau Müller persönlich die entsprechenden Mengen an Kaffee und Wasser überwacht. Dann setzen sie sich ins Wohnzimmer, das so mit Dingen vollgestopft ist, dass man kaum einen Platz zum Sitzen findet, und unterhalten sich. Frau Müller erzählt von ihrer Vergangenheit, wobei Herr Morteza nicht viel versteht, und er selbst spricht über Dinge, aus denen wiederum Frau Müller nicht schlau wird. Trotzdem pflegen sie ihre wöchentlichen Gespräche mit Hingabe. Einmal zeigt ihm Frau Müller ein Foto von Kaiserin Soraja, die vom letzten Schah geschiedene Ehefrau, und Herr Morteza machte dazu eine Bemerkung, die Frau Müller glauben lässt, dass er zu den nahen Verwandten der Herrscherfamilie gehört. Sie empfindet Mitleid mit ihm, weil er nun in diese Lage geraten ist, und von diesem Tage an ändert sich ihre Beziehung zu Herrn Morteza. Sie behandelt ihn besonders respektvoll und beschränkt seine Tätigkeit auf das Abholen des Gebäcks, das Kaffeekochen und die Gespräche mit ihr. Zudem unterstützt sie ihn in verschiedener Hinsicht, ohne seinen Stolz zu verletzen.

Herr Morteza unternimmt nichts, um dieses Missverständnis aufzuklären. Er ist mit der entstandenen Situation ganz zufrieden und meint sogar, dass die Deutschen auf diese Weise anders über die Flüchtlinge denken und begreifen würden, dass sich die iranischen Flüchtlinge von den anderen unterscheiden und sie bei den Deutschen größeres Ansehen erlangen würden.

Frau Müller hat trotz ihres gepflegten Äußeren und ihres großzügigen Verhaltens eine seltsame Angewohnheit und das ist das Sammeln und Horten von Dingen. Sie bewahrt noch immer alle Quittungen für Wasser und Strom aus der Zeit des Krieges auf und jedes leere Päckchen und jeden leeren Karton stapelt sie auf dem Balkon oder in den anderen Räumen auf, die aus allen Fugen platzen.

Nach der vermeintlichen Enthüllung der Vergangenheit von Herrn Morteza beauftragt Frau Müller ihre Friseurin, entsprechende Garderobe für ihn zu besorgen. Das tut sie mehrmals und legt Wert darauf, dass es Markenkleidung sein soll, die seiner Herkunft angemessen ist. Auf diese Weise wird für Herrn Morteza der Kontrast zwischen der Art sich so zu kleiden und seiner finanziellen und wirtschaftlichen Lage immer größer und man mag kaum glauben, dass er keine Arbeit hat.

Das Verhalten von Herrn Reza, dem Freund und Mitbewohner Herrn Mortezas, ist ein völlig anderes. Er nimmt alle Probleme des Lebens schwerer als sie sind, und Verantwortung hat für ihn allein die Bedeutung von Mühe und Last. Jahrelang war er in seiner Geburtsstadt Sirdschan Lehrer an einer Schule und dieses lehrerhafte Verhalten ist ihm in Fleisch und Blut übergegangen. Er hat einen geregelten Tagesablauf, jeden Morgen geht er zum Sprachkurs. Wenn er nach Hause kommt, erledigt er seine Hausaufgaben und bereitet das Abendessen zu, das er gemeinsam mit Herrn Morteza einnimmt. Es gibt ein ungeschriebenes Gesetz über die Aufteilung der Hausarbeit zwischen ihnen. Herr Morteza erledigt die Einkäufe, aber meist kauft er Dinge, die in den Augen von Herrn Reza unnütz sind oder die man hätte günstiger besorgen können.

Herr Morteza trinkt abends Bier und schaut sich auf seinem Laptop iranische Filme an, die nach Herrn Rezas Ansicht oft banal sind. Herr Reza wiederum liest meist in Gedichtbänden, die man ihm aus Iran geschickt hat oder hört traditionelle persische Musik, vorgetragen von einem bekannten iranischen Sänger. Noch nie in seinem Leben hat er einen Tropfen Alkohol angerührt. Obwohl Herr Reza nur zwei Jahre älter als Herr

Morteza ist, erscheint er doch wegen seines erns-
ten und lehrerhaften Verhaltens viel älter, er fühlt
sich verantwortlich für Herrn Morteza. Aus diesem Grund ist er immer in Sorge darüber, was
dieser vorhat und unternimmt.

An einem Dienstag kehrt Herr Morteza von
seinem wöchentlichen Besuch bei Frau Müller
zurück, setzt sich auf einen unbequemen Stuhl
im Wohnzimmer und erklärt: „Herr Reza, Frau
Müller hat dich eingeladen. Mann, warum sagt
man bloß, dass die Deutschen schlechte Menschen seien? Ehrlich, diese Frau, die noch den
Krieg erlebt hat, ist sehr nett zu mir. Heute hat sie
mir wieder ein neues Sakko geschenkt, ich lasse
nur die Ärmel etwas kürzen. Geld steckt sie mir
auch zu. Sie hat so viel Geld und keinen Erben.
Und nun möchte sie auch dich kennenlernen."

Herr Reza antwortet: „Vielen Dank für die
Einladung. Woher willst du wissen, dass sie niemanden hat? Wenn solche Personen sterben,
tauchen von irgendwoher Anwälte und Leute
mit Ansprüchen auf. Aber wenn sie gebraucht
werden, ist niemand da, der sich um sie kümmert." Herr Morteza nimmt sich einen Löffel
von dem Essen, das Herr Reza in einem Topf
auf den Tisch gestellt hat, und zieht die Stirn
in Falten: „Herr Reza, kann man in Sirdschan

nichts anderes kochen, dass du immer das gleiche servierst?!" Herr Reza lächelt, wobei sich die linke Seite seines Schnurrbartes hebt und sagt: „He Mann, bis gestern wusstest du nicht einmal, wo Sirdschan liegt und jetzt nörgelst du schon über das Essen." „Komm, man sagt, dass deine Stadt von einer Reißzwecke verdeckt wird, deshalb kennt sie niemand." Herr Reza stöhnt kurz auf und fragt: „Von einer Reißzwecke, was soll das denn heißen?" Herr Morteza schiebt sich gerade ein Stückchen Brot mit Joghurt in den Mund, als er losprustet und Brot samt Joghurt auf seinem Hemd landet. Beim Abwischen sagt er: „Oh, mein Hemd ist versaut. Du hast doch die Landkarte gesehen, als man sie an die Wand gepinnt hat. Dein Sirdschan ist die Stelle, an der man die Reißzwecke eingedrückt hat, deshalb ist es auch nicht zu sehen und niemand kennt es." „Du kennst es nicht, aber aus dieser Stadt kommen berühmte Leute."

Herr Morteza, der keine Lust auf eine Diskussion hat und weiß, dass die schließlich bei den literarischen und historischen Größen von Sirdschan enden würde, steht unter dem Vorwand auf, sein Hemd auswaschen zu müssen. Herr Reza zieht beleidigt den Topf näher und verteidigt sich: „Und wenn man dieses Essen jeden Tag isst, man bekommt nie genug davon, beim Andenken meiner Mutter."

Als die Gefahr einer Literaturdiskussion vorüber ist, kehrt Herr Morteza zurück und sagt: „Ich denke, wenn man hier eine Konditorei eröffnen kann, dann hat man es geschafft. Das Geschäft, in dem ich den Kuchen für Frau Müller hole, ist immer voll, sie haben sehr viele verschiedene Gebäcksorten. Man kann dort hundert Jahre lang ein- und ausgehen, aber ihre Namen kann man sich nicht merken. Aber Reza, lass dir gesagt sein, ich werde in diesem Land schon noch reich werden, warte nur, du wirst schon sehen." Herr Reza, der eine gute Gelegenheit sieht, wieder einmal über das Verantwortungsgefühl und die Strebsamkeit im Leben zu sprechen, räuspert sich und sagt: „So einfach wird man nicht reich, ohne Mühe und Anstrengung geht das nicht. Man muss sich bemühen, muss etwas riskieren. Wenn wir hier wenigstens ein Minimum verdienen und nicht mehr auf den Staat angewiesen sind, können wir sehr froh sein." Herr Morteza antwortet ungeduldig: „Das ist der Unterschied zwischen uns beiden, du suchst immer nach Schwierigkeiten. Überhaupt, deine Art von Pessimismus ist schon komisch. Man hat schon immer gesagt, wie man das Leben nimmt, so wird es auch sein.

Ihr Menschen aus der Wüste seid besonders gut darin, euch das Leben schwer zu machen, wenn ihr nicht gerade mit der Opiumpfeife dasitzt." Herr Reza lässt sich dieses Mal durch die Anspielung seines Freundes auf Drogenabhängigkeit und Opiumrauchen der Bewohner seiner Heimat nicht provozieren, sondern erwidert: „Du hast schon recht, mit der Opiumpfeife am Kohlebecken wird die Hälfte der Weltprobleme gelöst. Ich hatte einen Kumpel, der in der Politik war und in der Repressionszeit aus Teheran geflohen war. Er kam nach Sirdschan und suchte nach einer Möglichkeit, aus Iran wegzukommen. Damals hat unsere Familie Abende lang dagesessen und über die Beschaffung eines Passes und eines Schleppers palavert, damit er über die Grenze kommt. Der Ärmste hat das auch noch geglaubt und am nächsten Morgen gesagt: ‚Na los, holen wir meinen Pass.' "

An dieser Stelle scheint Herr Reza zu fürchten, sich zu weit vom Thema Ernsthaftigkeit des Lebens entfernt zu haben, also fährt er fort: „Na gut, aber man muss sagen, dass ein Leben ohne Verantwortung keinen Sinn hat." Herr Morteza wirft seinen Kopf ungeduldig nach hinten und sagt: „Mann, du machst dir das Leben selber schwer. Dass es mit einer Arbeit und deswegen mit der

Einreise deiner Frau nicht geklappt hat, hat dich völlig zermürbt. Sie wird schon noch kommen und dir dann ewig auf die Nerven gehen. Bleib solange ruhig. Du machst uns nur kaputt." „Es geht nicht darum auszuhalten, dass sie nicht hier ist, es geht darum, dass die Arme dort meinetwegen zur Gefangenen geworden ist." Morteza nimmt die Joghurtschüssel und auf dem Weg zum Kühlschrank fragt er: „Mann, was für eine Gefangene denn? Sie steckt doch nicht unter der Reißzwecke fest, sie ist immerhin in Kerman, im Provinzzentrum, bei ihren Eltern. Wie ich schon gesagt habe, du nimmst alles viel zu schwer. Ich gehe noch eine Runde, kommst du mit?"

Herr Reza ärgert sich darüber, dass Herr Morteza mitten in dieser wichtigen Diskussion über das Verantwortungsgefühl einfach weggehen will und zitiert aus dem Diwan von Hafez eine Gedichtzeile: „Die da leichtgeschürzt am Ufer weilen, wie begriffen sie mein hartes Los?"[1] Herr Morteza zieht seine Jacke über, schlägt mit einem Blick in den Spiegel den Kragen hoch, dreht seinen Kopf prüfend nach links und rechts, lächelt sich zu und geht hinaus.

Zwei Wochen später besucht Herr Reza in Begleitung von Herrn Morteza Frau Müller zu Hause. Die Wohnungstür lässt sich wegen der vielen

[1] Übersetzung: Vincenz Ritter von Rosenzweig-Schwannau

Dinge, die dahinter stehen, kaum öffnen. Normalerweise sitzt Frau Müller im Rollstuhl, aber an diesem Tag begrüßt sie sie auf ihren Stock gestützt. Sie hat ein schönes grünes Kleid an, ihre Haare sind zurechtgemacht und sie trägt ein Make-up, das sie etwas jünger aussehen lässt. An ihren Fingern stecken zwei Ringe mit großen Steinen, sie trägt eine Brille mit einem langen Band, aber sie schaut darüber hinweg. Als sie Herrn Reza erblickt, reicht sie ihm zur Begrüßung die Hand und heißt ihn herzlich willkommen. Dann umarmt sie Herrn Morteza und drückt ihn dabei so fest an ihren üppigen Körper, dass ihm Herr Reza den Kuchen, von dem sie heute mehr geholt haben, aus der Hand nimmt, damit er nicht herunterfällt.

Herr Reza versteht das meiste, was Frau Müller sagt, es fällt ihm aber schwer, darauf zu antworten. Sein Deutsch ist zumindest so gut um zu verstehen, dass die Sprache, die Herr Morteza spricht, dem Deutschen nicht sehr ähnlich ist, und die Antworten, die er Frau Müller gibt, sich oft nicht auf ihre Fragen beziehen. Trotzdem beneidet er Herrn Morteza um sein Selbstvertrauen. Frau Müller weist in ihren Bemerkungen einige Male darauf hin, wie schwierig die augenblickliche Lebenssituation für einen Aristokraten wie Morteza sei und erwähnt auch mehrmals den Namen Sorajas, aber Herr Morteza versteht nicht so richtig, was sie meint.

Frau Müller erscheint Herrn Reza als eine nette, ehrbare Frau, aber er kann den Grund für das zwanghafte Sammeln von Dingen nicht verstehen, und warum ihr das selbst nicht auffällt. Eine Frau, die den ganzen Tag liest, muss doch begreifen, dass das krankhaft ist und sie in ihrem ganzen gesammelten Plunder ertrinkt. Aber obwohl die Wohnung randvoll von unnützen Dingen ist, ist sie sauber und die Möbel zeugen von verblichenem aristokratischem Wohlstand.

Seit dem Besuch von Herrn Reza bei Frau Müller ist kaum ein Monat vergangen, als Herr Morteza eines Tages besorgt und aufgeregt nach Hause kommt und ihm mitteilt, dass es Frau Müller schlecht gehe und sie im Krankenhaus auf der Intensivstation liege. Die Sorge um Frau Müller hat Herrn Morteza so mitgenommen, dass Herr Reza zum ersten Mal Tränen in seinen Augen sieht.

Der Krankenhausaufenthalt von Frau Müller dauert nicht lange, sie stirbt an einem verregneten Apriltag. An der Beerdigung von Frau Müller nehmen nur wenige Menschen teil, und der einzige, der Tränen vergießt, ist Herr Morteza. Der Pfarrer schaut ihn einige Male erstaunt an, und

Herr Reza ist von Herzen froh, als er sieht, dass sein Freund doch kein solch herzloser und verantwortungsloser Mensch ist, wie er angenommen hat.

Einen Monat nach dem Tod von Frau Müller bekommt Herr Morteza für ein paar Stunden pro Woche einen Job in einer Wäscherei. Herr Reza schließt seinen Deutschkurs ab und bemüht sich sehr eifrig, um eine Arbeit mit einem entsprechenden Einkommen zu finden, damit er seine Frau, die immer noch in Iran ist, nach Deutschland holen kann.

An einem schönen Frühlingstag im Mai findet Herr Reza, der für den Briefkasten zuständig ist, voller Erstaunen einen dicken gelben Brief für Herrn Morteza darin, der schwerer als normale Briefe ist. Bis Herr Morteza nach Hause kommt, wiegt er den Brief einige Male in seiner Hand, als ob man aus dem Gewicht des Briefes auf seinen Inhalt schließen könne. Als Herr Morteza den Brief sieht, wird er blass und sagt: „Oh Gott, das ist ein Brief vom Gericht, sieh nur wie schwer er ist, schau nach, was drin steht." Er gibt den Brief Herrn Reza und der wiegt ihn wieder in der Hand und öffnet ihn vorsichtig. Das erste, was er erblickt, ist der Name von Frau Müller im Kopf des Briefes.

Vor Verwirrung und Aufregung gelingt es ihnen nicht, mit den wenigen Worten, die sie kennen, etwas über den Inhalt herauszufinden. Deshalb eilen sie in die Kanzlei des Anwalts von Herrn Reza, der ihn in der Sache der Einreise seiner Frau vertritt. Auf dem gesamten Weg dorthin schimpft Herr Morteza über Frau Müller, weil er denkt, es gäbe ihretwegen eine Beschwerde über ihn. Er vermutet, dass es wegen des Kuchens sei, den er ein ganzes Jahr lang aus der Konditorei abgeholt hat, ohne dafür zu bezahlen. „Als sie starb, konnten sie bestimmt das Geld dafür nicht eintreiben. Jetzt kommen sie zu mir damit, weil sie mich kennen. Man sagt, in Deutschland wird kein Geld verschenkt."

Obwohl die Sekretärin in der Kanzlei darauf beharrt, dass der iranische Anwalt keine Zeit habe, lassen sie sich nicht abweisen und warten so lange, bis er schließlich herauskommt und den Brief sofort im Wartezimmer öffnet. Einige Male liest er ihn mit vor Erstaunen aufgerissenen Augen. Die ganze Zeit über fragt sich Herr Morteza mit entsetzlicher Angst, welches Unheil ihm wohl drohe. Als der Anwalt den Brief zu Ende gelesen hat, schaut er einige Male erstaunt zu Herrn Morteza und fragt: „Was haben Sie denn mit ihr gemacht?!" Herr Morteza, der vor Aufregung Todesängste aussteht, schwört einige Male, dass er diese Frau gar nicht gut gekannt und nur manchmal Einkäufe für sie erledigt habe. Von Anfang an sei klar gewesen, dass Frau Müller nicht viel von ihm hielt und überhaupt gegen Ausländer war. Soweit er kann, stellt Herr Morteza seine Beziehung zu Frau Müller als unverbindlich dar, um eventuelle Gefahren abzuwenden, die sich aus dem Kontakt ergeben könnten. Darauf sagt der Anwalt mit erstaunter Stimme: „Trotzdem hat sie Ihnen ihr gesamtes Vermögen vererbt!!" Herr Morteza tritt einen Schritt zurück, fällt auf einen Stuhl und stöhnt nur noch: „Oh Gott, ich träume!" Als Herr Reza sieht, dass Herr Morteza nicht in der Lage ist, klar zu denken, stellt er dem Anwalt alle möglichen Fragen, die ihm dazu einfallen, um dann seinem Freund berichten zu können. Auch der Anwalt meint, dass er von diesem Kuchen ein Stück abbekommen könne und bietet sogleich an, dass er die juristischen Angelegenheiten der Eigentumsübertragung regelt und sie sich keine Sorgen machen müssten. Dabei erwähnt er, dass es sich beim Besitz von Frau Müller um zwei Wohnungen und eine Konditorei in der Nähe ihrer Wohnung handelt.

Ein Jahr später in der Konditorei „Kaiserin Soraja"

Herr Morteza steht hinter dem Tresen. Wie alle anderen Mitarbeiter trägt er eine weiße Schürze, auf der in roter Schrift in Persisch und Deutsch der Name „Kaiserin Soraja" steht, und dazu eine Kappe. In der Backstube schichtet eine junge Iranerin Qottab, Teigkugeln mit einer Füllung aus Pistazien und Nüssen, in Gefäße ein und Herr Reza schiebt ein großes Blech mit Gebäck in die große Backröhre. Nachdem Herr Morteza die Kunden bedient hat, geht er nach hinten und sagt an Herrn Reza gewandt: „Als ich die paar Monate hier eingekauft habe, kannte ich die Namen der Gebäcksorten nicht, ich habe nur darauf gezeigt, jetzt bin ich Konditor und habe ihre Namen immer noch nicht richtig gelernt. Hast du gesehen, wie gut die Deutschen das Wort „Qottab" gelernt haben? Am Ende lernen die Leute hier noch Persisch, ich jedenfalls lerne kein Deutsch mehr. Du natürlich, du hast ja gut gelernt, sprichst nur ein wenig mit dem Akzent von Sirdschan." Herr Reza schiebt das Blech in den Ofen und sagt: „Es läuft alles gut, nur dieses Foto von Soraja, das du da oben hingehängt hast, gibt dem Ganzen hier einen politischen Anstrich." Herr Morteza erwidert enttäuscht: „Du nervst schon wieder mit diesem Foto. Erstens ist es das Foto einer schönen Frau, was hat sie denn mit Politik zu tun? Dann verdanke ich all das hier dieser Kaiserin Soraja. Wenn sie nicht gewesen wäre und Frau Müller sie nicht gekannt hätte und nicht geglaubt hätte, dass ich mit ihr verwandt bin, hätte sie mir dann all ihren Besitz vermacht? Natürlich nicht! Gott habe sie selig, sie war der Meinung, sie habe einen Aristokraten gerettet. Du würdest das Foto natürlich nicht in deinem Laden aufhängen." Als die Ladenglocke ertönt, kehrt Herr Morteza hinter den Verkaufstresen zurück und Herr Reza schwenkt die Kappe, die dieser liegengelassen hat: „Deine Kappe", Herr Morteza lacht kurz auf und zitiert aus einem Gedicht von Parwin Etesami: „Der Verstand muss im Kopf sein. Ohne Hut zu sein, ist keine Schande."

Herr Reza, der seinem Freund ins Geschäft gefolgt ist, schaut nach oben zum Foto von Soraja und sagt: „Pfui auf dich, o Weltenlauf, pfui." Kaiserin Soraja in ihrem Rahmen blickt würdevoll zur Seite und lächelt.

Herr A. und unsere Küche

Jeden Tag trafen Herr A. und ich gleichzeitig an meinem Arbeitsplatz ein. Von mittelgroßer Statur und schlank, trug er Kleidung, deren Einzelteile nicht miteinander harmonierten. So passten zum Beispiel sein Hemd von gestern besser zur Hose von vorgestern und seine Jacke von heute zu den Hosen der vorigen Woche. Aber das war ihm egal. Nur einen buntkarierten Schal band er jeden Tag und bei jedem Wetter um.

Morgens kam er immer mit einem Pappbecher Kaffee in der Hand, und nach der Begrüßung druckste er herum: „Sie haben mir immer noch nicht gesagt, was ich nun machen soll. Mensch, meine Frau will kommen!" Ich wusste nicht, warum er glaubte, dass seine Chance auf eine Antwort größer wird, wenn er diese Frage immer wieder stellt. Nach seiner Frage und meiner immer gleichen Antwort, dass ich es nicht weiß, trank er gewöhnlich im Warteraum in Ruhe seinen Kaffee. Er unterhielt sich mit den Leuten dort und ging dann in die Küche, um Tee für sie aufzubrühen, ohne dass ihm jemand diese Aufgabe übertragen hatte.

Unsere Küche ist ein schöner, einladender Raum mit großen Fenstern, die sich in einen Hinterhof mit alten Walnussbäumen, Platanen und einer Pappel öffnen. Die Fensterbänke zieren Blumentöpfe: eine Orchidee, eine Chrysantheme, ein großer Blumenkübel, dessen Triebe bis oben ans Fenster reichen und eine kleine Zierpalme. In der Mitte der Küche steht ein Tisch mit acht Stühlen, auf dem Tisch eine gelbe Plastikdecke mit einem alten Metallkerzenständer, dessen zur Hälfte heruntergebrannte Kerzen seit Monaten darauf warten, wieder angezündet zu werden. In den roten, glänzenden Schränken findet sich fast alles, was man in einer Küche braucht. Der gemütliche, helle Raum mit seinen Pflanzen lädt so zur Entspannung von einem anstrengenden Arbeitstag ein.

Bevor Herr A. die anheimelnde Küche entdeckte, hatten sich meine Kollegen und ich dort immer zum Mittagessen getroffen. Aber nach und nach übernahm er die Herrschaft über die

Küche. Anfangs bereitete er für alle duftenden Tee zu, er selbst aber trank den Kaffee, den er unterwegs gekauft hatte. Er reparierte den Wasserhahn und andere Dinge und sorgte für Ordnung, wenn er Tee und Kaffee für die Wartenden gekocht hatte.

Sein Verhalten meinen deutschen Kollegen gegenüber war etwas sonderbar. Obwohl ich immer wieder betont hatte, dass wir keine staatliche Einrichtung sind und wir unsere Tätigkeit unabhängig vom Staat und nur zum Nutzen der Flüchtlinge ausüben, ließ er dies nicht für meine deutschen Kollegen gelten und verhielt sich ihnen gegenüber, als seien sie Mitarbeiter der Ausländerbehörde oder Polizisten in Zivil. Zwar können sie kein Persisch, aber immer, wenn sie anwesend waren, senkte er seine Stimme und manchmal wechselte er plötzlich das Thema, wenn er über seinen Aufenthalt sprach. Er blieb gewöhnlich bis 11 Uhr vormittags und ging dann eilig weg. Wohin, das verheimlichte er vor uns.

An einem schönen Sommermorgen erschien Herr A. in einem leuchtendgelben Hemd. Er trug eine breite, silberne Halskette anstelle seines üblichen Schals und war glattrasiert. Er erzählte mir, dass er in der Ausländerbehörde gewesen sei, und damit sie nichts merken, habe er seine Kleidung und sein Verhalten verändert. Allein bei der Vorstellung, wie Herr A. zum Beweis seiner Homosexualität bei der Ausländerbehörde aufgetreten war, musste ich lachen.

Nachdem Herr A. sein Hemd gewechselt hatte, das nun wiederum nicht zu seiner Hose passte, kam er plötzlich eilig aus der Küche in mein Zimmer und erklärte mir mit großer Ernsthaftigkeit, dass die Blumentöpfe in unserer Einrichtung massenhaft von Blattläusen befallen seien. Ich konnte nicht glauben, dass unsere immer frisch aussehenden Pflanzen, die ich morgens immer liebevoll und voller Freude anschaute, ein Problem haben sollten. Aber mit seinen Kenntnissen über Blumen und Pflanzen überzeugte er mich schließlich, dass man etwas dagegen tun müsste. Wir gaben ihm etwas Geld, damit er alles Notwendige unternimmt. Ein paar Tage später wurde unsere Küche zu einer besonderen Pflegeabteilung. Alle Blumentöpfe aus den anderen Zimmern wurden dorthin transportiert, sodass man sich kaum noch bewegen konnte. Herr A. befestigte an allen Pflanzen gelbe Klebefallen, die aber keinerlei Effekt hatten, außer dass sie die Pflanzen verunstalteten. Auch Wochen später klebte nicht eine einzige Blattlaus an ihnen.

Einige Monate nach der vollständigen Besetzung der Küche durch Herrn A. kam eines Tages Frau S. mit einer Schale Reispudding und sagte auf meinen verwunderten Blick, dass sie ihn als Dessert mitgebracht habe. Ich fragte: „Als Dessert wozu?"

Eine halbe Stunde später gingen sie und Herr A. weg und kamen mit zwei Taschen voller Einkäufe zurück. Wiederum einige Stunden später waren sie dabei, mit einigen anderen Leuten, die sich dort eingefunden hatten, Linsensuppe und dazu Fladenbrot zu essen – immer schon den mit Zimtpulver verzierten Reispudding im Blick.

Von dem Tag an teilte sich Herr A. die Herrschaft über die Küche mit Frau S., die aus Einsamkeit tagsüber herkam. Jedes Mal, wenn ich wegen eines Glases Wasser oder einer Tasse Tee in die Küche kam, las ich in ihren Blicken die Sorge, dass ich bloß kein Wort über ihre geheimen Themen verliere. S. war eine Frau von siebzig Jahren mit weißen Haaren. Meistens war sie schwarz gekleidet und trug ein locker gebundenes Kopftuch, das ihr manchmal auf die Schultern rutschte. Sie war eine gläubige Frau, die sich zur Lösung ihres Asylproblems dem Christentum zugewendet hatte, dieses Geheimnis aber vor allen verbarg.

Viel Arbeit hielt mich von den Geschichten der immer größer werdenden Runde in der Küche fern, sodass ich einige Monate später, als ich Frau S. mit einem Kreuz um den Hals sah und sie sich gerade mit einigen anderen Frauen eilig auf den Weg machen wollte, um rechtzeitig in der Kirche zu sein, sie verwundert fragte: „Sie haben doch gesagt...." Den Rest meiner Worte schluckte ich hinunter. Sie wandte sich zu mir um und antwortete: „Ich habe jetzt erst begriffen, wo ich meine Ruhe finde."

Mit ihrem Glauben hatte Frau S. auch ihren Kleidungsstil verändert. Sie kleidete sich nun wie die Frauen in russischen Märchen. Auf ihren Schultern lag ein großes Tuch, sie trug einen weiten, bis unter die Knie reichenden gefältelten Rock, Jacken aus glänzendem Stoff in kräftigem Rot und Blau, dazu Handschuhe aus schwarzer Spitze.

Sie brachte noch einige andere Frauen in unsere Küche mit, die sich untereinander mit „Schwester" anredeten. Mir ging durch den Kopf, dass sie hier wohl bald ihre Gottesdienste abhalten werden, als Frau S. fragte, welche Pläne es für Weihnachten gäbe.

Gerade hatte ich daran gedacht, wie sehr ich mich auf die Weihnachtspause freue, als sie mit einer langen Liste eigener Vorschläge und der Frage nach Geldern für deren Umsetzung zu mir kam.

Ich entgegnete, dass wir dafür kein Geld hätten und uns bereits die Bezahlung der laufenden Kosten Probleme bereite, worauf sie erwiderte, dass Jesus das schon alles richten werde. Ich sagte nur: „Beten Sie für uns, dass wir die monatliche Miete für das Zentrum pünktlich zahlen können."

An einem trüben Januartag öffnete Herr A. aufgeschreckt meine Zimmertür und erklärte mit stockender Stimme: „Sie kommt." Ich erschrak ebenfalls und fragte beunruhigt: „Wer?" Er antwortete: „Meine Frau." Ich war beruhigt, dass es mich nicht betraf und sagte „Gratuliere!" Wie vom Blitz getroffen sprang er auf: „Was heißt hier gratuliere? Das ist mein Untergang!"

Mir wurde klar, dass ich doch nicht ganz unbeteiligt war. Er fuhr fort: „Hundert Mal habe ich Sie gefragt, was ich tun soll. Ich bin verloren. Sie weiß doch nicht, mit welcher Geschichte ich hier lebe. Wenn sie das mitbekommt, verdirbt sie alles. Und um die Asylsache steht es dann schlecht, wenn sie merken, dass ich verheiratet bin."

Ich verstand, dass er in großen Schwierigkeiten steckte, aber mir fiel keine Lösung ein.

In der Woche darauf kam Herr A. wieder, aber nicht allein. Er ging schnurstracks in die Küche und schenkte der Frau, die ihn begleitete, Tee ein. Ich verschob meinen Gang in die Küche solange wie möglich, damit außer mir vielleicht noch jemand von den anderen Kollegen dazukam.

Vorsichtig öffnete ich schließlich die Küchentür, die nach zahlreichen Ermahnungen der deutschen Mitarbeiter nun immer geschlossen war, damit sich der Essensgeruch nicht im gesamten Haus verbreitete. Mit einem Lachen stellte mir Frau S. die Schwester von Herrn A. vor, und dieser starrte mich eindringlich an, damit ich bloß nichts verrate. Auf dem Herd stand ein großer Topf. Einige der Anwesenden waren damit beschäftigt, Teller hinzustellen. Und Herr A. saß mit vergnügtem Gesicht inmitten von sieben Frauen, die für ihn Tee, Brot und Käse vorbereitet hatten.

Seitdem gehörte die Schwester von Herrn A., die auch ich allmählich als seine Schwester ansah, ganz zu den ständigen Gästen in der Küche. Aber sie kam immer allein. Und nach einiger Zeit schloss sie sich Frau S. und ihren Begleiterinnen an, wenn sie in die Kirche gingen, um bei Jesus Zuflucht und Ruhe zu finden.

Herr A., der das Interesse an seiner Herrschaft über die Küche verloren hatte, nahm regelmäßig am Deutschunterricht teil, und offensichtlich ging es in seinen Angelegenheiten auf gewisse Weise voran. Bis er eines Tages aufgeregt in mein Zimmer kam und meinte: „Ihre Küche hat mich ins

Unglück gestürzt." Plötzlich dachte ich mit Wehmut an die Zeit zurück, als unsere Küche noch nicht okkupiert war, und an die angenehmen Stunden, die meine Mitarbeiter und ich dort verbracht hatten. Mit diesem aufblitzenden Gefühl sagte ich zu Herrn A.: „Was meinen Sie damit?" Er setzte sich in den Sessel und ich bemerkte, dass er seit der Ankunft seiner Schwester ziemlich zugenommen hatte und er nun Hose, Hemd und Jacke passend zueinander trug. Er sagte: „Seit meine Frau hier ist, wird sie von einigen Frauen bedrängt, für ihren Bruder, also für mich, eine Ehefrau zu suchen. Es scheint, als ob sie jemanden Bestimmtes im Blick haben, und um die Sache fest zu machen, behaupten sie, dass ich schon ein Auge auf diese Frau geworfen hatte, als sie noch nicht hier war." Ich dachte bei mir, dass er wohl recht damit hatte, dass die Lage kompliziert war. Während ich über eine Lösung nachdachte, fuhr er fort: „Natürlich hatten wir auch früher Probleme, aber jetzt ist es schlimmer geworden." Ich hatte aber das Gefühl, dass ihn die derzeitige Situation nicht so sehr beunruhigte. Meine Vermutung war wohl nicht ganz falsch, denn er lenkte das Gespräch unverzüglich auf andere Verwaltungsangelegenheiten und war mehr an einer Lösung dieser Themen interessiert. Dann brach er eilig auf unter dem Vorwand, sonst zu spät zum Unterricht zu kommen.

Danach hörte ich nichts mehr von Herrn A., aber seine Schwester oder Frau oder eine andere Person, von der ich nicht weiß, in welcher Beziehung sie zu ihm stand, kam in unsere Küche und warf mir manchmal einen bedeutungsvollen Blick zu, ohne ein Wort mit mir zu sprechen.

Inzwischen neigte sich der Frühling seinem Ende zu, und die Topfpflanzen in unserer Küche hatten nicht mehr ihre frühere Frische. Mein deutscher Kollege, der das persische Wort für „Blattlaus" von Herr A. gelernt hatte, sah den Grund im Befall mit ebendiesen. So ging ich eines Tages in der Mittagspause zu einem Blumenhändler in der Nähe, um neue Pflanzen zu kaufen, als ich dort Herrn A. begegnete. Er trug rosafarbene Hosen, ein geblümtes Hemd und einen Schal in der Farbe seiner Hose. Seine Frisur hatte er verändert und er benahm sich so wie an jenem Tag, als er in die Ausländerbehörde ging. Als er mich sah, lächelte er und fragte, ob ich die Pflanzen für die Küche möchte. Noch bevor ich antwortete, erklärte er, die von mir ausgewählten seien nicht geeignet und gab mir einen anderen Blumentopf. Dabei verschwand das Lächeln nicht aus seinem Gesicht. Seine Bewegungen waren natürlich, er war ganz er selbst. Dieses Mal verstellte er sich nicht. Im Lachen von Herrn A. lag eine Ruhe, die vom Atmen in der Freiheit kam.

Den Blumentopf stellte ich auf die Fensterbank in der Küche, setzte mich auf einen Stuhl und sehnte mich nach dem guten Tee von Herrn A.

Armita und Herr Entezari

1. Oktober – In der Wohnung von Herrn Entezari

Frau, wann kommt diese Person, die uns helfen soll? Ich habe hundert Mal gesagt, dass
ich mein Leben nicht vor einem Fremden aus-
breiten möchte. Ein Leben lang habe ich in An-
stand und Würde gelebt. Jetzt müssen sich alle
unter dem Vorwand helfen zu wollen in das Leben von anderen Menschen einmischen. Und du
hast sie in unser Haus geholt."

Herr Entezari redet und erhebt sich auf seinen Stock gestützt vom Küchenstuhl. Mit der
anderen Hand auf dem Rücken richtet er sich
auf und geht ins Wohnzimmer direkt nebenan.
Er pocht mit seinem Stock auf den Fußboden
und setzt sich in einen Sessel. Dann nimmt er die

Fernbedienung des Fernsehers vom Tisch neben sich, zappt durch die verschiedenen Programme der iranischen Sender und murmelt: „Nirgendwo haben sie ein ordentliches Programm. Eine Sendung, die den Leuten etwas über die Geschichte und den Ruhm dieses Landes vermittelt, so etwas gibt es nicht. Wie weit ist es bloß mit uns gekommen!"

Frau Entezari wendet mit dem Schaumlöffel Fleischklößchen, wäscht die frische Petersilie, die sie auf dem Markt gekauft hat, und schaut sich um, als ob sie etwas sucht. Dann kommt sie – noch immer mit dem Löffel in der Hand – ins Wohnzimmer und macht an Herrn Entezari gerichtet ihren Gedanken Luft: „Dein ganzes Leben bestand nur darin, vor dem Fernseher zu sitzen und zu schimpfen. Dreißig Jahre lang hast du nichts getan. Ständig hast du gesagt, wir kehren bald nach Iran zurück. Unser Leben ist hier vergangen, ich bin alt geworden, ich bin vermodert in dieser Wohnung. Du gehst nirgendwohin, verkehrst mit niemandem. Immer sagst du, die anderen sind nicht unser Niveau. Immer schimpfst du auf die Deutschen. Du hast nicht zugelassen, dass wir Feste feiern, immer hast du gesagt, man feiert Feste bei sich zu Hause und hier ist nicht unser Zuhause."

Herr Entezari unterbricht gereizt die Worte seiner Frau und schaltet den Fernseher aus. Er putzt seine Brille mit einem Taschentuch und erwidert: „Du bist doch immer unterwegs, läufst von einer Versammlung zum nächsten Frauentreffen. Was hat es uns gebracht? Treffen mit iranischen Frauen, mit Ausländerinnen, Yogakurse, Sport für den Rücken, Sport für die Fußknöchel…" An dieser Stelle lacht er laut auf und greift neben sich nach den Memoiren von Asadollah Alam und blättert darin herum. Er setzt sich etwas tiefer in den Sessel, um in Ruhe zu lesen, während Frau Entezari mit dem Schaumlöffel in ihrer Hand fuchtelt und zornig sagt: „Wäre es etwa besser, wenn ich so wäre wie du, der noch keine zwei Worte Deutsch spricht, noch keine zwei Straßen richtig kennt?" Sie steht noch immer mit erhobenem Schaumlöffel da, als Herr Entezari wütend sein Buch auf den Tisch wirft und sich beklagt: „Du hast mich schmutzig gemacht, auf meiner Hose sind Fettspritzer." Frau Entezari geht in die Küche, um ein Tuch zum Saubermachen zu holen, als es klingelt. Sie nimmt ihre Schürze ab, eilt zur Tür und sagt laut: „Die Frau ist gekommen."

Herr Entezari steht hektisch auf und bittet: „Warte, damit ich mein Sakko anziehen kann." Dann murmelt er noch etwas, was seine Frau nicht hört.

Frau Entezari streicht sich kurz über ihr Haar und öffnet die Tür. Ein junges Mädchen sagt: „Hallo, ich bin Armita."

Frau Entezari murmelt zögernd: „Guten Tag, bitte treten Sie ein." Aber sie ist verwirrt. Sie hatte etwas anderes erwartet. Sie dachte, dass eine gestandene Frau zu ihnen kommt. Von den Frauen aus den Treffen hatte sie gehört, dass ihre Betreuerinnen sehr erfahrene Kräfte sind. Abgesehen davon würde sich Herr Entezari niemals etwas von ihr sagen lassen. Frau Entezari lässt sich etwas Zeit und tritt dann zur Seite, um Armita hereinzulassen.

Armita hat wirre, lange, wie Filz aussehende Haare, in die bunte Fäden eingeknüpft sind. Sie trägt einen kurzen Rock, dazu dicke, blaue Strumpfhosen und darüber bunt geringelte Strümpfe. An den Füßen hat sie schwarze Stiefel. Sie hat einen weiten gelben Pullover an, unter dem noch drei bunte Blusen hervorschauen. In der Hand trägt sie eine dicke Jacke und über der Schulter eine große Tasche aus grobem Stoff, übersät mit verschiedenen Logos und Stickern. Sie hat große strahlende Augen, eine rosige, jugendlich frische Haut. Ihre Fingernägel sind blau lackiert und sie lacht über das ganze Gesicht.

„Oh, wie gut es riecht, was hast du gekocht?"

Frau Entezari stöhnt wegen Armitas unhöflicher Anrede kurz auf und bringt sie ins leere Wohnzimmer. Herr Entezari ist ins Schlafzimmer gegangen, um sein Jackett anzuziehen und wartet darauf, dass seine Frau ihn ruft. Um keine allzu vertrauliche Atmosphäre aufkommen zu lassen, fragt Frau Entezari nach Armitas Nachnamen, aber die sagt: „Armita genügt." Dann fragt sie und macht auch hier einen Fehler bei der persischen Anrede: „Ist Herr Entezari nicht zu Hause?"

Frau Entezari, die sich unbehaglich fühlt, antwortet, dass er zu Hause sei und berichtigt dabei den Fehler. Dann geht sie ins Schlafzimmer, dessen Tür angelehnt ist. Sie vermutet, dass ihr Mann sein Hörgerät lauter gestellt und alles mitgehört hat.

„Komm schon raus, sie scheint ein gutes Mädchen zu sein. Sie kann den Papierkram erledigen, den du selbst nicht schaffst."

Ihr Tonfall war milder geworden, dabei schaut sie ihren Mann aus Sorge über seine Reaktion nicht an.

„Was macht diese Frau überhaupt beruflich?" will Herr Entezari wissen und steht vom Bett auf. Er richtet seine Krawatte, die er sich mittlerweile umgebunden hat, schließt die Knöpfe seines

Jacketts und rückt mit einer Kopfbewegung den Kragen seines Hemdes zurecht. „Ich weiß es nicht, ich habe sie nicht gefragt. Sicherlich versteht sie ihre Sache, ohne Grund ist sie bestimmt nicht eingestellt worden." Dabei glättet Frau Entezari die Tagesdecke mit dem Paisleymuster, auf der man sieht, wo ihr Mann gesessen hat. Herr Entezari klopft seiner Frau auf die Schulter und hält ihr noch einmal vor: „Das kommt alles von diesen Treffen, dass du Fremde zu uns ins Haus holst." Dann verlässt er auf seinen Stock gestützt vor seiner Frau das Zimmer.

Währenddessen sieht sich Armita die verschiedenen gerahmten Fotos auf einer Kommode im Wohnzimmer an. Als Herr Entezari eintritt, schaut er zuerst erstaunt auf Armita, dann zu seiner Frau. Ohne zu zögern streckt Armita ihm ihre Hand entgegen und sagt lachend: „Hallo Herr Entezari." Herr Entezari reagiert nicht. Ihre Hand bleibt einen Moment ausgestreckt in der Luft, bis Frau Entezari sie bittet, Platz zu nehmen.

Herr Entezari setzt sich ohne ein Wort in seinen angestammten Sessel und schaut geradeaus auf den ausgeschalteten Fernseher. Armita sagt unsicher: „Sie hatten gebeten, dass ich zur Unterstützung bei Ihren Behördenangelegenheiten und …" Herr Entezari fährt dazwischen: „Junge Frau, ich habe um gar nichts gebeten. In den Frauengruppen hat man meiner Frau eingeredet, dass ich Hilfe brauche." Armita, die nicht mehr lacht, erwidert: „Aber hier haben Sie unterschrieben." Frau Entezari, der die Situation peinlich ist, hakt ein: „Setzen Sie sich, dann erkläre ich es Ihnen. Möchten Sie einen Tee?"

Armita holt eine Wasserflasche und einige Papiere aus ihrer Tasche und sagt: „Nein, danke."

Herr Entezari nimmt sein Hörgerät heraus und steckt es wieder zurück ins Ohr. Seine Frau fragt: „Möchtest du Tee?" Sie bekommt keine Antwort. Frau Entezari wendet sich an Armita: „Er hat sein Hörgerät ausgeschaltet. Immer wenn ihm etwas nicht passt oder er etwas nicht hören möchte, schaltet er sein Hörgerät aus. Soweit ist es schon mit uns gekommen. Wenn ich doch auch meine Ohren abschalten könnte, damit ich mir all dieses Meckern nicht mehr anhören müsste. Wir sind dreißig Jahre in Deutschland. In Iran war mein Mann Offizier in der Armee. Wir hatten ein gutes Leben. Als wir hierherkamen, wurde er zum Stubenhocker. Allmählich hat er sich von allem zurückgezogen. Er ist jetzt geworden wie ‚Onkel Napoleon', an allem zweifelt er. Er spricht immer nur vom Stolz und Ruhm in seinem früheren Leben". Armita fragt ungeduldig:

„Entschuldigen Sie, wer war ‚Onkel Napoleon‘?"

Frau Entezari sagt lächelnd: „Sie kennen ihn nicht, bestimmt waren Sie nie in Iran, Sie sind überhaupt zu jung dafür. Es ist nicht weiter wichtig, es war eine Fernsehserie." Armita lacht: „Aha, wie der ausgeflippte Typ Asghar Taraghe, so hat meine Mama immer meinen Papa genannt." Ihr Gesicht verfinstert sich bei der Erinnerung. Frau Entezari rückt etwas näher an sie heran und der Duft der Fleischklößchen steigt aus ihrer Kleidung in Armitas Nase. Etwas zurückhaltender fragt sie: „Sind Ihre Eltern auch hier?" Armita rutscht auf dem Sessel herum und fragt: „Wer?" Und ergänzt: „Entschuldigen Sie, mein Persisch ist nicht so gut." Frau Entezari erklärt: „Ich meine Ihren Vater und Ihre Mutter." Armita schluckt, sie ist bedrückt und denkt daran, dass schon seit Jahren niemand mehr nach ihrer Familie gefragt hat. Seit wieviel Jahren hatte sie sie nicht gesehen? Sie wusste es selbst nicht. Als man sie damals weggeschickt hatte, hieß es, es dauere nur ein paar Monate, bis sie auch kämen. Dann dieser verfluchte Unfall. Unter dem eindringlichen Blick von Frau Entezari fängt sie sich wieder: „Nein, ich bin allein hier."

„Man hat alle zu Nomaden gemacht", bemerkt Herr Entezari, ohne den Kopf zu wenden. Frau

Entezari starrt ihren Mann an: „Hast du etwa zu-
gehört? Ich dachte, du hast dein Hörgerät abge-
schaltet." Herr Entezari dreht sich um und sagt
zornig zu seiner Frau: „Ich kriege immer alles
mit, du merkst es nur nicht."

Armita packt ihre Papiere in die Tasche und
mahnt: „Wir haben heute um 3 Uhr einen Arzt-
termin. Langsam müssen wir uns auf den Weg
machen." Herr Entezari steht auf und geht ohne
seine Frau und Armita anzusehen, ins Schlafzimmer. Er schließt die Tür nur halb und ruft dann
seine Frau.

Frau Entezari steht auf, reibt die Hände aneinander und fordert Armita auf: „Bitte bedienen
Sie sich", und zeigt auf eine Schale mit getrock-
neten Früchten und Süßigkeiten auf dem Tisch.
Dann fragt sie: „Wie oft werden Sie pro Woche
kommen?" Armita antwortet: „Zweimal." Frau
Entezari geht ins Schlafzimmer, in der Mitte steht
ein verwirrter Herr Entezari.

„Was ist das für eine Posse, die du da einge-
fädelt hast. Mit diesem Mädchen gehe ich nirgendwo hin." Frau Entezari nimmt seinen Arm:
„Sei leise, du sprichst zu laut, du selbst bist taub
und hörst nichts." Herr Entezari befreit sich auf-
gebracht aus dem Griff seiner Frau. „Mein Ansehen ist dahin, wenn mich jemand mit diesem

Mädchen sieht. Sie hat ihre Haare lila gefärbt und sich eine Satteltasche wie von einem Esel übergeworfen. Wo sind wir hier bloß hingeraten! Pfui, was ist das für eine Welt!"

Frau Entezari hält in freundlichem Tonfall dagegen: „All unser Papierkram ist liegengeblieben. Beim Arzt verstehe ich auch nicht, was er sagt. Dieses Mädchen ist eine große Hilfe. Außerdem kann sie Persisch."

„Persisch? Das nennst du Persisch? Sie versteht nicht, was „Eltern" bedeutet, die richtige Anrede kennt sie auch nicht. Als ob wir in Teheran mitten in Tschale Meidan stehen, dort sprechen sie auch so ungehobelt und ordinär." Frau Entezari hebt den Kopf, rollt mit den Augen und antwortet: „Was hast du mit ihrem Persisch zu schaffen, sie muss Deutsch können und das kann sie."

Im Wohnzimmer wird Armita ungeduldig, sie weiß nicht, was sie tun soll. Schließlich ruft sie: „Wir haben nicht viel Zeit. Der Bus fährt in einer Viertelstunde."

Frau Entezari nimmt mit einer Hand den Mantel ihres Mannes vom Kleiderbügel und seinen Hut in die andere Hand und wartet an der Tür. Armita sagt: „Es ist nicht sehr kalt draußen." Herr Entezari, dem die Situation völlig gegen den Strich geht, entgegnet streitlustig: „Ich verstehe zwar kein Deutsch, aber Kälte und Wärme kann ich schon noch unterscheiden." Dann streckt er den Arm zu Frau Entezari aus, die den Mantel bereits zum Hineinschlüpfen bereithält, rückt den Hut auf dem Kopf zurecht und stößt seiner Frau, die mit einer Handbewegung zeigt, dass sie sich beeilen müssen, mit der Spitze seines Stockes ans Bein. Er geht ohne Gruß und ohne auf Armita zu warten.

21. März – Am selben Ort

Frau Entezari hat den großen Hausputz vor dem Neujahrsfest geschafft. Ihre rechte Hand ist verbunden, sie schmerzt von der Arbeit. Auf einer Brokatdecke, die sie von ihrer Großmutter geerbt hat, hat sie sieben Dinge aufgestellt, die mit dem Buchstaben „S" anfangen. Sie hat dafür die aus Iran mitgebrachten Kristallschalen verwendet. Auch die Linsenkeimlinge für den Festtagstisch sind richtig gut und hoch gewachsen. Frau Entezari hat den Fisch gebraten, den ihr Mann auf dem Weg vom Deutschkurs in einem iranischen Laden gekauft hatte. Herr Entezari unterstützt seine Frau freudig und gut gelaunt bei der Hausarbeit. Nach Jahren hat er die Tabletten gegen seine Depression verringert und zweimal pro Woche geht er in ein Sportstudio. Seinen Stock nimmt er nur noch, wenn er aus dem Haus geht.

Zum Abendessen erwarten sie Armita und ihren italienischen Freund. Seit Armita ihnen gesagt hat, dass sie schwanger ist, sind ihre Freude und Begeisterung noch größer geworden. Herr Entezari übt einige Male ein paar Sätze, die er dem Freund von Armita auf Deutsch sagen will, und hat seiner Frau aufgetragen, seine Fehler zu berichtigen. Frau Entezari hatte ihm ihre Deutschkenntnisse, die sie innerhalb einiger Monate erworben hatte, bei jeder sich bietenden Gelegenheit vorgeführt. Jetzt sieht sie eine gute Möglichkeit, gegen ihn zu sticheln: „Na gut, langsam wird es besser, du besuchst den Kurs ja erst seit drei Monaten."

In der Wohnung duftet es nach Sabzi Polou mit Fisch. Herr Entezari beschaut sich mehrere Male die Geldscheine, die er als Geschenk zwischen die Seiten des Diwans mit Gedichten von Hafez gelegt hat, und bemerkt freudig: „Frau, im nächsten Jahr brauchen wir auch ein Geschenk für Armitas Baby." Frau Entezari hat die Brosche, die sie vor 35 Jahren von ihrem Mann geschenkt bekommen hatte, aus der Schublade im Schlafzimmer geholt und zum ersten Mal, seit sie in Deutschland sind, angesteckt und stellt fest: „Nun haben wir am Ende unseres Lebens ein Kind bekommen, ein Kind und einen Enkel zugleich." Und Herr Entezari, der sich einen Keks aus Kichererbsenmehl in den Mund steckt, ergänzt: „Nicht nur wir, auch das Mädchen hat schließlich eine Familie bekommen. Die Arme hatte es so schwer."

Als die Türklingel ertönt, streicht sich Herr Entezari über seinen Schnauzbart, um eventuelle Krümel wegzuwischen und öffnet eilig die Tür. Armita trägt ein hübsches blaues Strickkleid mit einer dunkelblauen Jacke darüber. Ihre Haare hat sie abgeschnitten und in ihrer Hand hält sie einen kleinen Veilchenstrauß: „Hallo, guten Tag, das ist Pablo." Pablo, gepflegt und gut gekleidet, reicht Herrn Entezari die Hand, übergibt der herbeigeeilten Frau Entezari eine Flasche Wein und sagt auf Persisch: „Schiraz-Wein." Armita geht in die Küche, schaut sich um, streicht sich über ihren Bauch und murmelt: „Hier ist unser Zuhause."

Gutes Deutschland – schlechtes Deutschland

Leila betritt das Arbeitsamt durch die gläserne Drehtür, geht zum Automaten für die Wartenummern, drückt den grünen Knopf und zieht die Nummer 152. „Wäre ich bloß früher gekommen", denkt sie bei sich. Dann geht sie durch den engen Korridor, in dem einige Leute mit Papieren in der Hand stehen, in den Warteraum, wo bis auf einen alle Stühle besetzt sind.

Die Luft im Raum ist schwer und stickig. Die beiden großen Fenster, die sich zu einem Platz mit Bäumen öffnen, sind geschlossen und ihre Griffe hat man entfernt. Im Raum sind Unruhe und Ungeduld zu spüren. Einige Wartende sind mit ihren Handys beschäftigt, und obwohl sich niemand unterhält, herrscht wegen des ständigen Kommens und Gehens von Leuten, die auf der Suche nach einem freien Platz hereinschauen, eine gespannte Atmosphäre.

Leila geht an der Stuhlreihe vorbei zum einzigen freien Platz am Fenster. Sie entschuldigt sich bei den Leuten, die ihretwegen ihre Beine einziehen und setzt sich. Sie stellt ihre Tasche neben sich auf den Boden, legt ihre Jacke zusammengefaltet auf die Beine und schaut zur Wartenummernanzeige gegenüber, die gerade die Nummer 103 aufgerufen hat. Leila legt den Zettel mit ihrer Nummer vor sich auf die Jacke. Sie schaut nach rechts zum Fenster und wünscht sich ein wenig von der frischen Brise, die jetzt am Ende des Winters die Bäume bewegt. Als sie sich bequemer hinsetzt, bemerkt sie die Frau, die neben ihr am Fenster sitzt.

Schawan hat sich auf ihrem Stuhl breitgemacht, mit den Händen schon auf dem benachbarten Platz. Leila denkt bei sich: „Als ob sie zu Hause ist, so breit sitzt sie da, ich habe kaum Platz."

Dann schaut sie sich um und sieht zu einer Deutschen mit kurzen Haaren und schönen blauen Augen, die einige Plätze weiter sitzt, und murmelt vor sich hin: „Was für ein hübsches Gesicht sie hat." Als sich ihre Blicke treffen, nickt sie ihr zu und wünscht ihr auf Deutsch einen guten Tag. Schawan, die Leila gerade erst bemerkt hat, schaut erstaunt und verärgert. Sie denkt: „Weshalb grüßt sie diese Deutsche so freundlich, als ob sie hier eingeladen ist, wer weiß, wo die herkommt?"

Leila wendet sich Schawan zu und fragt deutlich: „Welche Nummer haben Sie?" Wortlos zeigt die Frau ihren Abschnitt und Leila liest „124".

Schawan ist von kleinem Wuchs, sie hat ein dunkles Gesicht und krause Haare, die sie mit einem Gummi am Hinterkopf zusammengefasst hat. Sie trägt einen dicken Mantel, der für das Märzwetter viel zu warm ist. Mit mürrischem Gesichtsausdruck starrt sie geradeaus.

Die Anzeige zeigt die nächste Nummer an und ein dunkelhäutiges Paar mit Kinderwagen steht auf und geht hinaus. Eine Frau und ein Mann mittleren Alters, die sich ohne Rücksicht auf die Anwesenden laut unterhalten, setzen sich auf die freigewordenen Plätze. Dass sie Persisch sprechen, lässt Leila die Ohren spitzen. Der Mann sagt einen Satz, den Leila nicht richtig versteht, und seine Begleiterin fällt ihm ins Wort: „Ich habe von Anfang an gesagt, dass diese Frau nicht zu dir passt, es war deine Schuld, aber du hörst ja nicht darauf, was man dir sagt." Der Mann zieht seine dicke Jacke aus und antwortet: „Hätte ich es denn vorher ahnen können, dass sie mir so etwas antut? Welche Frau verpfeift denn ihren Mann bei den Deutschen und sagt, dass er schwarzarbeitet?"

An dieser Stelle senkt er seine Stimme und

sosehr Leila auch ihren Kopf verdreht, sie kann nicht richtig verstehen, was sie sagen, aber sie denkt sich, dass ihm jene Frau bestimmt eins auswischen wollte.

Die Zeit vergeht schleppend und die Anzeige steht immer noch bei der zuletzt aufgerufenen Nummer. Im Raum ist Unzufriedenheit zu spüren. Das Warten, die Arbeitslosigkeit, Briefe und Formulare der Behörde belasten alle. Nur Leila ist nicht unzufrieden, sie hat den heutigen Termin, um einen Job zu bekommen. Ihr ist egal, was es ist, wenn sie nur körperlich dazu in der Lage ist.

Der Gedanke an die Hochzeit ihrer Tochter in der kommenden Woche und daran, dass sie sie wie in amerikanischen Filmen an ihrem Arm zur Trauung führen und ihrem zukünftigen Ehemann übergeben wird, fasziniert sie so, dass sie nachts vor Aufregung nicht schlafen kann.

Leila schaut zum wiederholten Mal auf das Formular in ihren Händen, auf dem ihr Name geschrieben steht, und freut sich, dass sie eine Identität erhalten hat. In Afghanistan hatte niemals jemand ihren Familiennamen irgendwohin geschrieben oder ihn gelesen. Oder aber sie wusste davon einfach nichts. Es machte für sie keinen Unterschied, weil sie ihre Muttersprache nicht lesen und schreiben kann. Sie muss lachen und denkt: „Das gehört zu den Wundern meines Lebens."

Die Anzeige ertönt und es werden gleichzeitig zwei neue Wartenummern aufgerufen. Zwei Personen stehen geräuschvoll auf und die Augen der Wartenden verfolgen sie bis zur Tür.

Leila schaut wieder auf ihr ausgefülltes Formular. Ihr Blick bleibt an der Frage hängen, was sie in den vergangenen sieben Jahren gemacht hat.

Vor sieben Jahren, sie kann sich noch genau an den Tag erinnern - es war der 15. März und es hatte heftig geregnet. Der 15. März, das war der Tag, an dem sie zum letzten Mal geschlagen, zum letzten Mal beleidigt, zum letzten Mal gequält wurde und sich zum ersten Mal wehrte.

Die Geräusche im Wartezimmer des Arbeitsamtes verstummen, Leilas Ohren hören nichts mehr. Ihr wird kalt. Sie nimmt die Jacke von den Knien, deckt sich damit zu und schließt ihre Augen.

Als sie damals geschlagen wurde, weinte sie nicht, sie hatte keine Tränen mehr. Ihr Körper war gefühllos geworden, er fühlte den Schmerz nicht mehr. Er konnte keinen Schmerz mehr aufnehmen und wies alles Leiden zurück. In ihr war ein Gefühl erwacht, das ihr fremd war. Es war, als ob sich der Schmerz in Kraft verwandelt habe. All die Jahre der Gewalt durch ihren Mann, all die Jahre, in denen sie in Iran erniedrigt worden war, alle Mühen der langen Reise nach Deutschland, alles hatte sich in einen Aufschrei verwandelt, den Schrei, dass sie nicht mehr leiden will.

Leila war an jenem Märzmorgen früh aufgestanden, hatte ihr Gesicht gewaschen und ihre Strümpfe gleich über den Pyjama gezogen. Ihre Jacke streifte sie auf dem Weg zur Treppe über und in ihrer Hast bemerkte sie nicht, dass sie sie verkehrt herum angezogen hatte. Sie warf sich den Schal ihres Sohnes über den Kopf und holte aus der Tasche ihres Mannes im Nebenzimmer die Monatskarte für die U-Bahn. In Windeseile lief sie auf die Straße und zur Station, um schnellstmöglich die Beratungsstelle zu erreichen. Sie fürchtete, dass sie geschlossen war, bevor sie es schafft.

Dort angekommen ließ sie sich auf einen Stuhl fallen, ihre Kleidung war durchnässt, aber das war ihr egal. Ihre eigene Stimme war ihr fremd, es war, als ob eine andere Person an ihrer Stelle spräche und sagte: „Ich gehe hier nicht weg, bevor Sie mir nicht gesagt haben, was ich tun soll. Ich kann nicht mehr, mir reicht es." All dies hatte sie mit solcher Entschlossenheit und Wut vorgebracht, dass die Beraterin alle Aufgaben für den

Rest des Tages beiseitelegte und einige Stunden länger blieb, um für Leila einen Platz in einem Frauenhaus zu finden. An jenem Tag, an einem verregneten, nassen Spätnachmittag startete in einer Stadt in Deutschland eine afghanische Frau von vierzig Jahren ins Leben.

Die Nummernanzeige ruft die 115 auf und Leila wird durch den Ton aus ihren Gedanken gerissen. Schawan auf dem Platz neben ihr breitet sich in ihrer Unruhe immer weiter auf Leilas Stuhl aus. Sie murmelt leise vor sich hin und sagt etwas, was Leila nicht versteht, ihr erscheint es wie ein Gebet. „Woher kommen Sie?", fragt Leila und bestaunt die hennaverzierten Hände der Frau. Sie antwortet nicht. Leila denkt sich: „Wie selbstgefällig sie ist. Was sie nur herumbrabbelt?" Als hätte die Frau Leilas Stimme gehört, wendet sie sich ihr zu. Mit ihrem blauen Tattoo auf dem Kinn und zwei blitzenden Goldzähnen sagt sie: „Eritrea." Dann vertieft sie sich in ihre Unterlagen, um das Gespräch nicht fortsetzen zu müssen. Der Name, der oben auf den Papieren steht, erscheint ihr fremd.

Seit Jahren hatte sie niemand so gerufen. Immer redeten sie alle mit dem Namen ihres Ehemannes an und jedes Mal hatte ihr der Name Ehre und Respekt eingebracht. Auf der zweiten

Seite der auszufüllenden Formblätter ist die Zeile nach der Frage, was sie in den vergangenen sieben Jahren gemacht hat, leer geblieben. Als Schawan die Frage noch einmal liest, nehmen die letzten sieben Jahre für sie wieder Gestalt an.

Die Erinnerung an diese Zeit ihres Lebens lässt sie in berauschende Träume eintauchen. Gedanken an ihr Zuhause, wo der Weg vom Eingangstor des Grundstücks bis zum Wohnhaus so lang war, dass man ihn mit dem Auto zurücklegte. Der üppig grüne Garten, der im trockenen Klima Eritreas eine Augenweide war. Das Haus mit seinen vielen Zimmern und einer Ausstattung, die ihr Mann im Ausland bestellt hatte.

Schawans Aufgabe in diesem großen Haus bestand nur darin, dem Koch, dem Hausdiener und dem Chauffeur Anweisungen zu geben. Ihr Mann mischte sich nicht in die häuslichen Angelegenheiten ein, er führte nur wöchentliche Besprechungen im Haus durch, von denen Schawan wusste, dass es wichtige politische Versammlungen waren. Sie war über diese Sitzungen nicht erfreut, aber solange ihr Zuhause nicht darunter litt, war ihr die Sache nicht wichtig. Ihre Söhne, obwohl selbst schon erwachsen, taten ohne Wenn und Aber alles, was sie ihnen auftrug und von ihnen wollte. Sie wusste selbst, dass es aus

Angst geschah, aber sie gestand es sich nicht ein. Es steigerte ihre Macht im Haus.

Mit dem Leben in Wohlstand schwelgte Schawan im Glück. Glück, das ihr endlos schien bis zu jenem Tag, an dem ihr Ehemann nicht nach Hause zurückgekehrt war. Am nächsten Tag war jemand gekommen und hatte gesagt, dass Schawan fliehen müsse.

Sosehr sich Schawan auf ihrem Platz im Warteraum des deutschen Arbeitsamtes auch anstrengt, sie kann sich nicht erinnern, wie sie allein in den Sudan gelangt war. Sie glaubt, dass die bösen Erinnerungen an die Reise durch ihre chronischen Kopfschmerzen ausgelöscht wurden. Auch an den monatelangen Weg nach Deutschland kann sie sich nicht entsinnen. Sie denkt nur jeden Tag daran, dass ihr Leben seit ihrer Ankunft in Deutschland zu Ende ist, dass sie wütend auf das Leben ist und dass sie sich nach der Frau sehnt, die in einem großen Garten in Eritrea dem Leben Anweisungen gab.

Schawans Leben in Deutschland ist von Schmerzen begleitet, körperlichen Schmerzen, für die die Ärzte keine Ursache finden. Ihre Abneigung gegenüber Deutschland wächst mit jedem Tag, als ob sie das Land für schuldig hält an der Situation, in die sie geraten ist. Die Einreisegenehmigung für ihre Söhne, die in einem Camp im Sudan leben, hängt davon ab, dass Schawan eine Arbeit hat. Aber auch das bringt sie nicht dazu, sich aufzuraffen. Schawan hat ihr Leben in ihrem großen Haus in Eritrea zurückgelassen und ihren müden Körper über den weiten Weg bis hierher geschleppt.

Die Wartenummernanzeige ertönt und ruft die nächste Nummer auf. Das iranische Paar steht auf und die Frau sagt: „Du brauchst da drinnen nicht zu reden. Ich regele das selbst."

Plötzlich steht Schawan auf, ihre Wartenummer fällt zu Boden. Achtlos geht sie an den anderen vorbei, schleppend und gleichgültig bewegt sie sich zum Ausgang, draußen setzt sie ihre Strickmütze auf, knöpft den Mantel zu und steckt die Hände in die Taschen.

Leila holt ihr Handy aus der Tasche und schaut sich die Fotos an, auf denen sie mit ihrer Schwimmlehrerin zu sehen ist. Still sagt sie: „Ich hätte mir nie träumen lassen, eines Tages schwimmen zu lernen."

Die Wartenummernanzeige ruft die Nummer 124 in Zimmer 4. Leila hebt den kleinen Zettel vom Boden auf und geht in Zimmer 4. Als sie fertig ist, verlässt sie das Arbeitsamt durch die gläserne Drehtür. Sie hebt ihren Kopf, schaut zum Himmel und sagt: „Was für ein herrliches Wetter. Der Frühling ist in diesem Jahr früher gekommen."

Angst

Ihr dünner gewordenes Haar hat sie schwarz gefärbt und vorn am Kopf sorgsam drapiert. Mit der schönen Form ihrer Lippen, den dichten schwarzen Augenbrauen, den langen Wimpern, der Frische und dem Schimmer, den das Rouge ihren Lippen und der weißen Haut verleihen, sieht man ihr ihre 70 Jahre nicht an. Ihre kräftige Figur hat sie mit einem weiten, schwarzen Kleid kaschiert. Wenn sie lacht, bilden sich auf ihren Wangen zwei Grübchen und ihre Augen schließen sich. Sie lacht laut und aus vollem Herzen. Ich kenne sie seit Jahren. Als sie vor zwanzig Jahren wegen einer Behördenangelegenheit zu mir kam, war sie von aufregender Schönheit. Sie war immer gut gelaunt und voller Energie. Wenn sie eintrat, erfüllte ihr Lachen, für das sie immer einen Grund hatte, den ganzen Flur. Jedes Mal, wenn ich sie sah, erinnerte sie mich an jemanden. Ich wusste nicht an wen, aber ich war sicher, dass sie einer berühmten Person ähnelt.

Sie sprach gut Französisch und beschäftigte sich auch beharrlich mit der deutschen Sprache. Aber sie hatte nicht viel Zeit zum Sprachenlernen. Sehr bald begann sie in einem Bekleidungsgeschäft zu arbeiten, wo sie wegen ihrer umgänglichen Art sehr beliebt bei den Kunden war. In ihrem Auftreten lag eine besondere Vornehmheit. Sie hatte ihre Prinzipien was gute Kleidung und angemessenes Verhalten betraf und sagte immer: „Man muss im Verhalten und im Charakter wahrhaftig sein, so wie es heißt: Wir haben zwar alles verloren, aber unsere Haltung bewahrt."

Jahrelang hörte ich nichts von ihr, bis sie mich vor einigen Wochen wieder aufsuchte.

„Ich will nicht umziehen, ich kann nicht in einer kleineren Wohnung leben! Da werde ich schwermütig. Was soll ich außerdem mit meinen Sachen machen, in einer kleineren Wohnung reicht der Platz dafür nicht aus. Und dass ich mich von ihnen trenne, können Sie vergessen. Ich habe das einmal in meinem Leben getan, noch einmal kann ich das nicht."

Nach dem Tod ihres Mannes im Jahr zuvor, hätte sie in eine kleinere Wohnung ziehen müssen, damit der Staat ihre Miete zahlt. Stundenlange Diskussionen, um sie von der Notwendigkeit eines Umzugs zu überzeugen, führten zu nichts. Wir verabreden nun, dass ich zu ihr nach Hause komme und wir gemeinsam ihre Sachen ein wenig ordnen und sehen, was sie mitnehmen kann. Es ist schwer, jemanden davon zu überzeugen, etwas loszulassen, was er in sein Herz geschlossen hat.

Ihre Wohnung befindet sich im Erdgeschoss eines dreistöckigen Gebäudes. Ein kleines Gärtchen gehört dazu, in das sie Blumen und in einer Ecke auch Minze und Basilikum gepflanzt hat, mit zwei weißen Plastikstühlen und einem runden Tisch mit einer gemusterten Tischdecke. Ein Aschenbecher steht darauf, daneben liegen eine Schachtel Zigaretten und eine Zigarettenspitze.

Die beiden Zimmer ihrer Wohnung sind relativ groß. Lichtdurchflutet vom Aprilsonnenschein wirken sie einladend. Die Räume sind vollgestellt und obwohl sie die meisten Dinge in Secondhand-Läden gekauft hat, harmonieren sie gut miteinander. Alles ist geschmackvoll arrangiert. Die Einrichtung hat mehr das Flair einer französischen Wohnung. Auf den Tischen liegen Spitzendecken und die Bilder zeigen vor allem Ansichten von Paris. Ein schön gemusterter Seidenteppich liegt in der Mitte des Zimmers. Die grüne Farbe der Samtsessel ist im Laufe der Zeit ausgeblichen. Das Licht der brennenden Kerzen wird vom hellen Tageslicht verschluckt. Die Wohnung strahlt Behaglichkeit aus. Sie ist ein Ort der Geborgenheit und Ruhe, den man nicht so schnell wieder verlassen möchte.

„Diese Vase muss ich mitnehmen, ich habe sie auf einer Reise nach Frankreich in einem Secondhand-Laden gekauft, schauen Sie." Sie nimmt sie in die Hand und streicht darüber. Dann schließt sie ihre Augen, so als ob sie sich die Vase im Gedächtnis einprägen will. Diese Gläser möchte ich nicht, diese schon, der Schrank muss auch sein. Die Kommoden …" Sie geht durch das Zimmer und zeigt mit gebieterischer Stimme auf ihre Möbel.

Ich sage: „Kommen Sie, setzen wir uns, so kommen wir nicht weiter." Ich weiß nicht, wie ich fragen soll, aber ich möchte gerne wissen, warum es ihr so schwer fällt, diese Dinge loszulassen. Vielleicht ist es auch der Unmut darüber, dass ich hier bin, weil mir irgendjemand – ich weiß nicht wer – diese Aufgabe übertragen hat. Heute ist so schönes Wetter, dass ich lieber in den Straßen herumgebummelt wäre. Unvermittelt frage ich: „Ich weiß, dass es ihnen schwerfällt, sich von den Sachen zu trennen. Aber was quält Sie so sehr dabei?" Sie schaut mich an, ihre Augen füllen sich mit Tränen und sie sagt: „Ich habe Angst. Ich habe Angst zu sterben, wenn ich mich von ihnen trenne. Ich fürchte mich vor dem Sterben, ich fürchte mich sehr. Wissen Sie, ich glaube nicht ans Jenseits und daran, dass ich wiedergeboren werde. Wenn ich doch nur daran glauben könnte, dass ich ewig weiterleben werde."

Plötzlich schaut sie mich an und fragt: „Haben Sie denn keine Angst?" Ihre Frage überrascht mich. Mir wird unwohl. Sie wartet meine Antwort nicht ab und fährt fort: „Ich fürchte mich vor dem Tod in der Fremde. Davor, dass sich nach meinem Tod niemand mehr an mich erinnert. Nach dem Tod meines Mannes bin ich monatelang zum Friedhof gegangen, jeden Tag. Jedes Mal wenn ich dort war, wollte ich schnell wieder weg. Ich wollte in die Welt der Lebenden zurückkehren, ich bin noch nicht bereit zu sterben. Aus reinem Pflichtgefühl bin ich hingegangen, aber ich weiß, dass nach meinem Tod niemand an mein Grab kommen wird. Ich möchte auch nicht, dass meine Leiche nach Iran überführt wird. Mit denen bin ich fertig. In den besten Jahren meines Lebens war ich so weit weg, in den besten Tagen meiner Jugend, in denen ich so gern dort gewesen wäre. Warum soll ich also nach meinem Tod dorthin zurückkehren?

Ich wollte dort leben, nicht sterben."

Mir scheint, dass eine neue Phase im Leben der Migranten begonnen hat: das Nachdenken über den Tod in der Fremde. Ich ziehe die Ärmel meiner Bluse über die Hände und balle sie zur Faust, eine Gewohnheit aus meiner Kindheit, wenn ich Angst hatte. Der Gedanke an den Tod beschäftigt mich innerlich.

„Nachts habe ich oft Albträume. Ich träume, dass niemand mehr nach mir fragt." Und sie wiederholt: „Fürchten Sie sich nicht vor dem Tod?" Ich habe nicht bemerkt, dass sie eine Zigarette in die Spitze gesteckt hat. Jetzt bläst sie den Rauch in Kringeln in die Luft und sieht mich in Erwartung einer Antwort unverwandt an. Ich denke an meine eigenen Albträume und gestehe ein: „Doch, ich denke auch an den Tod. Alle denken irgendwann an den Tod. Die Angst davor begleitet das Leben. Jeder findet für sich einen Weg, wie er damit umgeht. Streng sagt sie darauf: „Ja, das weiß ich, aber ich habe gefragt, ob Sie sich nicht fürchten?"

Wieder ziehe ich meine Ärmel herunter und antworte: „Doch, ich habe auch Angst." Und als ob ich die Angst von mir wegschieben möchte, füge ich hinzu: „Ich denke der Tod ist ein Zustand wie vor der Geburt, man bekommt davon nichts mit, deshalb muss man ihn auch nicht fürchten.“

Sie sitzt entspannt in einem alten Sessel. Ihren Kopf schmiegt sie gegen die Rückenlehne, auf der ein besticktes Deckchen liegt. Plötzlich hebt sie ihren Kopf, ordnet mit den Händen ihre Haare und öffnet dann einen Fächer, der aussieht wie der einer spanischen Tänzerin. Sie fächelt sich Luft zu und sagt: „Man sagt, dass man die Sonne und den Tod nicht anschauen kann. Ich weiß, die Zeit ist gekommen, ihm in die Augen zu sehen, den Tod meine ich, aber ich habe Angst davor. Ich habe immer gedacht, dass ich tausend Jahre lebe, deshalb habe ich alles, was ich machen wollte, auf später verschoben. Auf eine Zeit, von der nicht klar ist, wann sie kommt. Ich habe meinen Schmerz nicht ernst genommen, ebenso wenig wie meinen Kummer und vor allem meine Wünsche. Ich habe das alles in mir vergraben. Wissen Sie, ich lese viel. Ich liebe es zu lesen. Einmal las ich die Biographie einer Alkoholikerin, an ihren Namen kann ich mich nicht mehr richtig erinnern. Ich habe es vor vielleicht 40 Jahren gelesen, aber dieser eine Satz aus dem Buch ist mir im Gedächtnis geblieben: ‚Als ich Kind war und hinfiel, sagte meine Mutter immer, weine nicht jetzt, weine morgen.‘ Auch ich habe die Tränen über meinen Schmerz immer auf den nächsten Tag verschoben. Aber inzwischen ist der Schmerz in meinem Herzen zu einer schweren Last geworden. Ich fürchte, dass ich sterbe, ohne je Tränen darüber vergossen zu haben."

Ich fühle mich wohl in ihrem Zuhause. Mir ist, als sei ich schon früher hier gewesen. Nicht der Raum, das Gefühl darin ist mir vertraut. Und in dieses angenehme Gefühl mischt sich der Gedanke an den Tod. Ich frage sie: „Möchten Sie denn ihr bisheriges Leben auf ewig so weiterführen?"

Erstaunt schaut sie mich an und fragt nach: „Genau dieses? Ohne jede Veränderung?"

Bevor ich ihr antworte, denke ich nach, ob ich selbst dazu bereit wäre, und als ob ich mir selbst erst einmal die Situation bewusst machen möchte, sage ich:

„Genau so, ohne jede Veränderung."

Ihr Gesichtsausdruck ändert sich, sie wirkt in sich gekehrt, weit weg von mir. Ihr Blick geht geradeaus hin zum Fenster. Beide schweigen wir. Dann steht sie auf, geht in die Küche, gießt aus dem Samowar ein Glas Tee ein und stellt es mir hin. Aber ihre Gedanken sind woanders. Für sich wiederholt sie: „Dasselbe Leben ohne jede Veränderung?" Dann hebt sie ihre Stimme und ohne mich anzuschauen, sagt sie:

„Nein, das möchte ich nicht. Das möchte ich sicher nicht. Was für ein Geschenk war mein Leben, dass ich immer so weiterleben möchte? All die verlorengegangenen Wünsche. All die unausgesprochenen Worte. All das Rollenspiel, die Heuchelei, Lachen ohne wirkliche Freude. Nein, das möchte ich nicht. Ich habe nicht wirklich gelebt. Deshalb wollte ich irgendwann einmal leben, irgendwann mit dem Leben beginnen. Ich war hier immer eine Fremde. Immer haben wir gesagt, unsere Wurzeln sind an einem anderen Ort. Weder haben wir dort Wurzeln geschlagen, noch sind wir hier verwurzelt. Ich weiß nicht, warum es so schwer ist, in der Fremde zu sterben. Ich habe immer gedacht, wenn man glücklich ist, stirbt man schwer, aber es ist genau umgekehrt."

Ich stehe auf und schließe das Fenster. Draußen geht ein heftiger Regen nieder. Die brennenden Kerzen leuchten. Ich finde einen Vorwand, noch etwas länger zu bleiben. Ich denke, auch ich möchte nicht, dass sich mein Leben wiederholt.

Sie lacht laut auf und ich wende mich ihr zu. Ihre Augen strahlen, sie streckt mir ihre Hände entgegen und sagt: „Schon gut, es reicht. Wir haben genug über das Sterben gesprochen. Ich werde wegen meiner Sachen eine Lösung finden. Noch habe ich Zeit." Sie steckt eine Zigarette in die Spitze und fragt: „Übrigens, kennen Sie Elizabeth Taylor?" Jetzt fällt mir ein, wie sehr sie ihr ähnelt.

Abflug 10 Uhr

Schahrzad wälzt sich von einer Seite auf die andere und zieht ihre Beine an. Ihr Gesicht ist verzerrt vom Schmerz, der in ihrem Unterleib rumort. Sie legt die Arme unter den Kopf und ihre Augen starren auf den langen, grauen Metallschrank gegenüber, dessen kaputte Tür offen steht. Die beiden anderen Metallbetten im Zimmer sind leer. Schmutziges Geschirr, Krümel von Brot und Käse und ein Stück Tomate auf dem Tisch, durcheinandergeworfene Kleidung auf einem hässlichen Holzstuhl, zerwühlte Betten, zwei Koffer, im ganzen Raum herrscht Unordnung. Die Luft ist schwer und riecht abgestanden. Schahrzad presst ihren Kopf auf das Kissen, dann hebt sie ihn mitsamt dem Kissen und dreht ihr Gesicht auf die andere Seite. Ihr wird übel und sie denkt: „Wenn ich bloß nicht aufstehen müsste!" Bei dem Gedanken an die Toilette und den Waschraum des Flüchtlingslagers kommt Ekel in ihr hoch. Seit einer Stunde wollte sie eigentlich gehen, aber sie hatte es immer wieder aufgeschoben in der Hoffnung, dass vielleicht der Trubel im Flur abnimmt und sie sich nicht unter den müden und nervösen Blicken der Wartenden in der Schlange vor der Toilette anstellen muss.

Gestern Abend war sie wie immer aus Langeweile und weil sie nichts anderes vorhatte, früh ins Bett gegangen, hatte sich wieder und wieder auf ihrem Metallbett herumgewälzt, dessen Quietschen sie nervte. Wenn ihre beiden Zimmergenossinnen nicht da waren, blieb sie die meiste Zeit hier. Abends ging sie früh in ihr Zimmer und verschloss die Tür. Manchmal, wenn ihre Mitbewohnerinnen, zwei Schwestern, kamen, war es mit der Ruhe vorbei, sie hörten laute Musik, unterhielten sich und lachten fortwährend. Schahrzad wusste, dass hinter ihrem Zorn auf die beiden eigentlich Eifersucht steckte, da sie selbst einsam und weit weg von ihrer Familie war. Einige Male hatte sie versucht, über ihr Englisch Kontakt mit ihnen zu knüpfen, aber sie hatte nur verstanden, dass sie aus Serbien kommen und oft ihre Familie besuchen, die in einem anderen Camp lebt.

Schahrzad hat sich noch nicht von ihrem Bett

erhoben, als ihr Handy klingelt. Sie sieht auf die Nummer, schließt ihre Augen, öffnet sie wieder, holt einmal tief Luft und schaut zur Decke. „Hallo, mir geht's gut. Wie geht's dir? Nein, es ist gut, kein Problem. Nein, ich brauche kein Geld. Ok. Ganz sicher. Der Empfang ist nicht gut. Ja, ich weiß, du hast viel zu tun. Macht nichts. In Ordnung, in Ordnung, bis später." Das Telefon fällt aufs Bett, sie breitet ihre Arme aus und als ob sie unter den Augenlidern gefangen waren, rinnen Tränen über ihre Schläfen und Ohren in ihre langen, braunen Haare.

„Pflichtanrufe. Keine Zuneigung in seinen Worten. Eine Beziehung ohne Liebe. Warum ist er bei mir geblieben? Warum bin ich geblieben? Fünf vertane Lebensjahre. Jahre ohne jede Wärme", denkt Schahrzad unter Tränen.

Dann steht sie mühevoll auf, zieht die Schuhe an, die schon zu ihren Hauspantoffeln geworden sind, und nimmt aus dem Schränkchen neben ihrem Bett, das sie an Krankenhausbetten erinnert, ein Desinfektionsmittel und ihre Handschuhe. Sie zieht eine lange Strickjacke über ihren Pyjama und geht aus dem Zimmer. Als sie sieht, dass an der Toilette nur zwei Frauen mit ihren Kindern warten, atmet sie auf. Während der paar Minuten Wartezeit wird der Schmerz in ihrem

Unterleib stärker und sie denkt: „Das Leben hier macht mich wirklich krank." Als sie die Tür zum Waschraum öffnet, neben dem sich die Toilette befindet, überkommt sie ein Brechreiz: „In diesem Dreckloch kannst du deine Blase nur leeren, wenn sie kurz vor dem Platzen ist." Dann zählt sie die Tage, heute ist der siebte Tag ihres Aufenthalts hier. Als sie aus der Toilette kommt, sind ihre Schuhe durchnässt vom Wasser auf dem Boden. Sie versucht immer, sich so klein wie möglich zu machen, damit ihr Körper Wände und Tür nicht berührt, was ihre zierliche Figur erleichtert. Hier ins Bad zu gehen ist für sie ebenfalls zu einer Qual geworden. In Iran war sie daran gewöhnt, jeden Tag ein Bad zu nehmen, hier hat sie in der vergangenen Woche nur zwei Mal geduscht.

Das Lager, in dem Schahrzad lebt und in dem jetzt mehr als sechshundert Flüchtlinge untergebracht sind, ist eine von Wald umgebene alte Kaserne im Süden Deutschlands. In den Korridoren toben den ganzen Tag Kinder unterschiedlichen Alters und es herrscht keinen Moment Ruhe. Die kleineren weinen und die größeren jagen sich gegenseitig und dazu kommt der Lärm der Mütter, die ihre Kinder suchen. Abends werden die Flure zur Kulisse für die Streitereien der betrunkenen Männer, die damit den Müden und Erschöpften, die auf bessere Tage warten, Ruhe und Schlaf rauben. Proteste führen oft zu Schlägereien und die Verantwortlichen sind nachts entweder nicht da oder halten sich in ihren Arbeitszimmern von den Konflikten fern, bis die Polizei kommt. Wegen der abgelegenen Lage des Camps sind die Bewohner isoliert. Zur nächsten Bushaltestelle sind es zwei Kilometer Fußweg. Die wenigen, die ein Fahrrad ergattern konnten, zählen zu den Glückspilzen.

Schahrzad kommt aus dem Waschraum und ist noch einige Türen von ihrem Zimmer entfernt, als ein Schreien ertönt und sie sieht, wie sich zwei Männer auf dem Flur verfolgen. Einige Bewohner öffnen neugierig ihre Zimmertüren, andere schließen sie ängstlich. Als Schahrzad begreift, dass sie sich inmitten der Auseinandersetzung befindet, presst sie sich an die Wand, von der man nicht mehr erkennen kann, welche Farbe sie hat. Ihr Körper zittert und ihre Beine versagen ihr den Dienst. Ein Mann bedroht einen anderen mit einem Messer, und als von irgendwoher eine Bierflasche geworfen wird und vor Schahrzad auf dem Boden zerbricht, fallen ihr Handtuch und Waschzeug auf den Boden. Als sie selbst umzufallen droht, hält eine Hand zuerst sie auf den Beinen und sammelt dann ihre Sachen vom

Boden auf, packt Schahrzad am Arm, bringt sie zu ihrem Zimmer und wartet darauf, dass sie die Tür öffnet. Dann sagt der Mann auf Englisch: „Haben Sie keine Angst, sie wollen nichts von Ihnen. Ich bin Tesfaye." Schahrzad reicht ihm die Hand, bedankt sich und starrt ihn mit einem verwirrten und ängstlichen Blick von Kopf bis Fuß an. Sie hat ihn noch nie zuvor gesehen.

Tesfaye lebt seit fast einem Jahr in diesem Flüchtlingslager. Sein Asylverfahren ist abgeschlossen und seine Bemühungen, eine Möglichkeit zum Bleiben zu finden, waren erfolglos. Er hatte in Eritrea Medizin studiert und musste dann das Land verlassen. Er ist groß gewachsen, hat einen durchtrainierten Körper, eine schöne kaffeebraune Hautfarbe, eine wohlgeformte längliche Nase und dunkle durchdringende Augen. Er spricht fließend Englisch. Trotz der schwierigen hygienischen Bedingungen macht er einen gepflegten Eindruck.

Als Schahrzad am nächsten Tag aus ihrem Zimmer kommt, ist auch Tesfaye in der Nähe, als ob er im selben Moment aufgetaucht sei. Er ist aber so sehr mit seinem Handy beschäftigt, dass Schahrzad in ihr Zimmer zurückkehrt. Er grüßt nur höflich und fragt, wie es ihr gehe, worauf sie eilig und schüchtern antwortet.

Als Schahrzad den zwanzigsten Tag ihres Aufenthalts im deutschen Flüchtlingslager zählt, ist es die größte Freude in ihrem Leben, Tesfaye zu begegnen. Ihre Treffen und die gemeinsamen Waldspaziergänge haben sie einander schnell nahegebracht. Zwei Wochen nach ihrem Kennenlernen möchte Schahrzad heute mit ihm in die nahe Stadt fahren.

Schahrzad ist schon lange wach, sie konnte nicht schlafen. In ihrem Körper fühlt sie ein sanftes Kribbeln und die Sehnsucht nach Wärme, als ob sie aus einer warmen Umarmung geglitten sei. Eine Zeitlang hatte sie sich noch unruhig in ihrem Bett hin und her gewälzt. Zwei Stunden vor ihrer Verabredung geht sie ins Bad, der Flur wirkt in der Ruhe des frühen Herbstmorgens in Erwartung des täglichen Trubels langweilig.

Es ist noch nicht ganz hell geworden, Schahrzad trocknet ihre Haare im Zimmer und schminkt sich vor dem zerbrochenen Spiegel der Kommode. Seit einiger Zeit ist sie mit ihrem Spiegelbild zufrieden. Sie zieht den grünen Pullover an, den ihre Schwester bei der Ankunft für sie gekauft hat. Obwohl sie keinen Appetit hat, isst sie ein paar Bissen Brot mit Käse und trinkt etwas Tee. Dann setzt sich auf ihr Bett und wartet. Sie stellt fest, dass sie abgenommen hat und ihr die Sachen zu weit geworden sind und glaubt, dass der Stress dazu geführt habe.

Ihr Herz schlägt schneller als gewöhnlich und sie fühlt, wie das Blut zu ihm hinströmt und wieder in den Körper zurückfließt.

Ein leises Klopfen ertönt an der Tür. Ein Zeichen, das einfach nur sagen will, ich bin da. Ohne aufdringlich zu sein, ich bin einfach nur da. Ein Ton, der alle Ängste und Unsicherheit in der Fremde beiseiteschiebt. Schahrzad aber auf der anderen Seite der Tür wartet ungeduldig und sehnsüchtig auf diese Ruhe und Sicherheit. Sie öffnet die Tür und fühlt, dass sie blass wird und denkt: „Kann es sein, dass niemand mein großes, pochendes Herz sieht?!"

Auf dem Weg zur Bushaltestelle spricht wie immer Tesfaye, er erzählt von sich und seiner Familie. Obwohl sein Verfahren abgeschlossen ist, ist er optimistisch und meint, man könne bestimmt noch etwas tun. Er fragt kaum nach Schahrzads Leben und feinfühlig bewundert er das Muttermal neben ihren Lippen. Schahrzad kommt es vor, als würde sie schweben. Sie hat weder eine Vergangenheit noch eine Zukunft. Nur der Augenblick hat sie in eine schwärmerische Träumerei versetzt. Immer wieder hatte sie in ihren Träumen nach diesem Gefühl gesucht, sosehr, dass sie

ihr schließlich real vorkamen. Vor einigen Jahren
hatte sie sich so in ihr Gefühl von Verliebtheit
vernarrt und geglaubt, es in dem Mann, der jetzt
ihr Ehemann ist, gefunden zu haben. Tesfaye erzählt und seine Augen strahlen.

Sie schlendern in den kleinen Gassen der Stadt
umher. Es ist ein schöner sonniger Herbsttag, ein
leichter Wind weht und die bunten Blätter der
Bäume tanzen zu Boden. In einer Straße haben
die Bäume von beiden Seiten ein Dach gebildet
und der Boden liegt voller Blätter, die vom letzten Regen noch nass sind. Schahrzad meint, noch
nie in ihrem Leben so einen schönen Ort gesehen zu haben. Sie schlägt den Kragen ihrer Jacke
hoch und obwohl es nicht sehr kalt ist, möchte
sie ihren Hals hineinkuscheln. Sie unterhalten
sich und fallen sich gegenseitig ins Wort, als ob
sie nicht genug Zeit zum Reden hätten. Plötzlich
fragt Tesfaye: „Wo warst du in all den Jahren? Ich
habe so sehr nach dir gesucht, jetzt habe ich dich
in der kalten und unsicheren Fremde gefunden.
So viele Jahre warst du in meinen Gedanken,
dass es mir scheint, dich schon ewig zu kennen."
Schahrzad bleibt stehen, wendet sich ihm zu und
Tränen rinnen über ihr Gesicht, ohne dass sie dabei Traurigkeit fühlt.

In einem kleinen belgischen Café, in dem kein

Tisch und kein Stuhl dem anderen gleicht, trinken sie Kaffee aus kleinen Keramikschalen. Dezente Musik läuft. Schahrzad geht durch den Kopf: „In einer kleinen Stadt, in einem kleinen Café, das es auf der Welt nicht noch einmal gibt, mit einem Mann, von dem ich nicht viel weiß, was für ein schönes Gefühl. Wie glücklich ich bin. Was ist geschehen? Als ob es die wahre Liebe ist. Ich kann mich nicht mehr daran erinnern, wie es war, als ich nicht so verliebt war. Wenn die Welt doch stehen bliebe, wenn mich doch niemand aus diesem Traum wecken würde." Plötzlich durchzuckt es sie wie ein Blitz, ihr Gesicht wird heiß und sie hat das Gefühl, ihr Herz schlägt bis zum Hals. Tesfaye hält ihre Hand und Schahrzad nimmt begierig die Wärme seines Atems und den heißen Kuss auf ihre Lippen wie das süßeste Gefühl der Welt auf.

Am Abend kehren sie mit dem letzten Bus ins Lager zurück. Es ist kalt, eine Mondscheinnacht, wie sie im deutschen Herbst nur selten vorkommt. Schahrzad denkt: „Der Mond war noch nie so hell." Tesfaye hat ihre Hand genommen und beide gehen schweigend nebeneinander her. Schahrzad fragt sich: „Warum hat der Mond auf unseren Kinderzeichnungen niemals gelacht, das Lachen gehörte immer nur zur Sonne. Der Mond gehörte mit seinem verliebten Strahlen in die Welt der Erwachsenen." Als Tesfaye ihre Hand loslässt, weiß Schahrzad, dass sie vor ihrem Zimmer angekommen sind.

Sie schließt die Tür hinter sich zu. Dann fällt sie in einen tiefen Schlaf und ihr Gesicht blüht auf von den süßen Träumen, die sie nach diesem Tag begleiten. Auch der Lärm ihrer Mitbewohnerinnen stört ihren Schlaf nicht.

Am nächsten Tag wird sie vom Telefonklingeln wach, es sind dieselben Sätze wie immer. Schahrzad setzt sich auf das Bett und denkt: „Hoffentlich war der gestrige Tag kein schöner Traum, aus dem ich jetzt erwacht bin." Ihr kommen Tränen, und dieses Mal sind sie von Traurigkeit begleitet.

„Er denkt, Geld sei das Einzige, das mich glücklich macht. Warum hat er eigentlich nicht darauf bestanden, dass ich bleibe? Es schien, als ob er durch unsere Verbindung aus einer unglücklichen Beziehung loskam. Jetzt brauchte er nicht mehr zu lügen. Lügen, die nicht mehr notwendig waren. Ich habe nicht gefragt, damit er nicht lügen muss, aber er hat weiter gelogen. Es war ihm zur Gewohnheit geworden. Was hat mich an diesem Leben festgehalten? Wem habe ich etwas geschuldet? Wovor habe ich mich gefürchtet? Wenn ich nicht hierhergekommen wäre, hätte ich mich nicht losreißen können. Ich hätte so lange so weitergelebt, bis ich vermodert wäre….."

Es dauert nicht lange, bis Schahrzad wieder in die reale Welt zurückkehrt. Zum ersten Mal ist die Realität mit ihrer Leidenschaft und Liebe schöner. Sie steht auf, wischt sich die Tränen ab und öffnet die Zimmertür, die sie vom Glück trennt.

Zwei Monate dauert die Bekanntschaft zwischen Schahrzad und Tesfaye mittlerweile. An einem kalten Montag im Winter mitten im dunklen deutschen Wald tritt Schahrzad aus ihrem Zimmer. Heute hat sie verschlafen. Sie freut sich, weil sie mit Tesfaye wieder in die Stadt fahren und in ihrem Café den besten Kaffee der Welt trinken möchte. Im Flur ist es wie immer laut, das Wetter hat alle zu Stubenhockern gemacht. Dicker Nebel hat alles eingehüllt, draußen ist nichts zu sehen. Das Haus scheint inmitten von Wolken zu stehen, so etwas hat sie noch nicht erlebt. Unter all den Menschen, von denen man nicht weiß, woher sie kommen und wohin sie gehen, suchen Schahrzads Augen nach Tesfaye. Plötzlich wird sie unruhig, leichte Angst überfällt sie, und sie versucht, sich zu beschwichtigen: „Bestimmt hat er auch verschlafen." Aber ihre Aufregung lässt nicht nach.

Auf dem Rückweg vom Waschraum macht sie einen Umweg zu Tesfayes Zimmer. „Ich werde ihm den Nebel zeigen. In Eritrea gibt es bestimmt niemals solchen Nebel." Aber sie weiß selbst, dass sie nur ihre Unruhe besänftigen möchte. Sie hat das Zimmer noch nicht erreicht, als die Tür geöffnet wird und der Mitbewohner Tesfayes herauskommt. Als er Schahrzad erblickt, bleibt er stehen, senkt den Kopf und sagt in gebrochenem Deutsch: „Man hat Tesfaye in sein Land zurückgeschickt, heute Morgen um 4 Uhr sind sie gekommen und haben ihn weggebracht, um 10 Uhr geht sein Flug." Dann hält er seine Armbanduhr vor Schahrzads Augen, sie zeigt 10:30 Uhr an.

Schahrzads Beine geben nach, sie setzt sich auf den Boden und die eisige Winterkälte strömt in ihren Körper. Als sie eine halbe Stunde später wieder aufsteht, kann sie sich nicht aufrichten. Mühevoll kehrt sie unter den kalten und gebrochenen hoffnungslosen Blicken der Fremden, deren Stimmen sie nicht mehr hört, in ihr Zimmer zurück. Sie verbirgt ihren Kopf unter der Bettdecke, und noch mit den durchnässten Schuhen an den Füssen schläft sie ein. Als sie wieder wach wird, ist es dunkel. Die Fensterscheiben sind beschlagen, überall riecht es nach Feuchtigkeit. Sie denkt: „Was für ein herber Geruch, auch Gerüche können ein Gefühl haben." Mühevoll richtet sie sich halb auf, ihr Inneres ist leer. An der

Stelle ihres Herzens fühlt sie ein großes Loch. Sie befühlt ihren Körper, um sich zu vergewissern, dass sie noch lebt. Dann tastet sie die Umgebung ab auf der Suche nach ihrem Telefon. Sie wählt eine Nummer. „Hallo, mir geht es gut. Ja. Nein, es ist nichts passiert. Kannst du mir Geld schicken? Ich erkläre es dir später. Genügend Geld für ein Rückflugticket." Sie bricht das Gespräch ab, legt das Kissen auf ihren Kopf und presst es fest darauf. Ihr Körper ist schwer wie ein Berg geworden. Sie hat das Gefühl, als sei der Kummer der ganzen Welt auf ihren Körper gefallen. Im Korridor brüllt jemand und sie fürchtet sich vor der Einsamkeit. Sie zieht ihre Beine an den Bauch und klagt mit einer Stimme, die sich nicht wie eine menschliche Stimme anhört. Der heulende Wind reißt plötzlich das Fenster auf und Nebel schwebt herein.

Chorschids Blick

In einer platanenbestandenen Straße im Nor-
den Teherans versteckt sich ein kleines Café.
Zwischen Fahrbahn und Fußweg liegt ein schma-
ler Graben, in dem Blumen sprießen. Draußen
vor den Fenstern und neben der Tür stehen große Blumentöpfe mit bunten Geranien. Die Blumen lassen vor Hitze ihre Köpfe hängen. Hinter der braunen, halbrunden Holztür stehen vier
kleine Tische, umgeben von jeweils drei Kaffeehausstühlen. Die beiden kleinen Fenster sind mit
Bastmatten zugehängt, die sowohl die Wärme abhalten als auch den Raum drinnen schützen. An
einem heißen Nachmittag im Teheraner Hoch-
sommer ist die kühle Luft, die sich dort auf die
Einrichtung gelegt hat, das angenehmste Gefühl,
das ich mir vorstellen kann.

Auf der rechten Seite steht ein schwarzes Klavier, darauf liegt eine Gitarre. An der Wand hängen Bilder in alten Rahmen mit Stierkampfszenen und Naturpanoramen, die aussehen als stammten sie aus Südeuropa. Die europäische 70er-Jahre-Musik, die von einem alten Plattenspieler erklingt, und der vom Deckenventilator verbreitete Duft roter Weinreben wecken in mir ein intensives Gefühl sowie das Verlangen, stundenlang sitzen zu bleiben. Als Ausgleich für all die Jahre, in denen ich keine Gelegenheit hatte, den Träumen meiner Jugend nachzuhängen.

An zwei Tischen sitzen junge Frauen und Männer. Eine der Frauen bewegt mit geschlossenen Augen sanft ihren Kopf zur Musik. „Woher sie die wohl kennen?" denke ich. Ich werde eifersüchtig. Das ist doch meine Musik aus meiner Zeit, was hat sie damit zu tun?

Der Besitzer des Cafés heißt mich freundlich willkommen und ich wähle aus der Getränkekarte etwas mit einer europäischen Bezeichnung aus. Ich weiß nicht, was es ist, aber der Name des Getränkes erscheint mir schick. Die ganze Zeit lässt mich ein Gefühl der Unruhe nicht los. Es gibt hier so viele Gründe für Unruhe, sodass ich nicht weiß, welchen ich dafür verantwortlich machen soll. Auch das Wiedersehen mit einer Freundin nach dreißig Jahren ist nichts, was man jeden Tag erlebt.

Bestimmt ist das die Ursache für meine Aufregung.

Ich weiß nicht, ob sie diesen Ort meinet- oder ihretwegen ausgesucht hat. Vielleicht kann sie sich noch daran erinnern, wie sehr ich diese kleinen Cafés mochte.

Einige Tage nach meiner Ankunft in Teheran ermittelte ich mit Hilfe alter Freunde ihre Telefonnummer. Nach dem zweiten Klingeln meldete sich auf der anderen Seite eine verängstigte Stimme. Ich fragte nach ihrem Namen, um mich zu vergewissern, dass diese unbekannte Stimme ihr gehört. Als ich gerade meinen Namen nennen wollte, stieß sie schon einen begeisterten Schrei aus und fragte sofort: „Wo bist du?"

Genau wie vor 30 Jahren, wenn ich sie anrief. Die erste Frage war immer: „Wo bist du?" Sofort haben wir das heutige Treffen verabredet. Sie wollte, dass wir uns außerhalb ihrer Wohnung sehen, nach ihren Worten in neutraler Umgebung.

Ich bewundere gerade das schöne Glas für mein Getränk, als sie hereinkommt. Sie trägt ein schlichtes Kopftuch und einen noch schlichteren Mantel. Ihre hochgewachsene Gestalt ist unverändert. Ihr ungeschminktes Gesicht ist von ansprechender, natürlicher Schönheit. Unter ihren Augen sind feine Fältchen entstanden und zwei tiefe Furchen neben ihren Lippen erinnern mich daran, dass wir beide die Jugend schon lange hinter uns gelassen haben. Ich schaue in ihr Gesicht und bemühe mich, das Bild in meiner Erinnerung mit dem zu vergleichen, das ich vor mir sehe. Mir ist, als ob etwas fehlt, aber ich weiß nicht, was es ist…

Gleich zu Beginn sagt sie, dass sie allein ist und nimmt mir das Versprechen ab, keine Fragen zu den Jahren zu stellen, in denen ich weg war. Ich entgegne: „Was soll ich dann fragen?" Sie sagt: „Wir hatten so viele gemeinsame gute Tage, über die wir sprechen können. Wir können doch auch bis morgen früh über die politische und soziale Lage reden, trotzdem werden wir nicht schlau daraus. Du siehst, es gibt genügend Themen." Dann weckt sie in mir mit ihren Worten die Erinnerungen an unsere Jugend. Als sie spricht, blitzen ihre Augen, aber wieder gibt es in ihrem Ausdruck etwas, oder es fehlt etwas, das sie mir fremd erscheinen lässt.

Viele von den Dingen, über die sie erzählt, kommen wieder in mein Gedächtnis zurück. Solange gab es in den Jahren der Emigration niemanden, mit dem ich mich hätte daran erinnern können, sodass ein großer Teil davon in Vergessenheit geriet oder ich die Erinnerungen nach eigenem Gutdünken wieder zusammengefügt habe. Wir

reden und durchstreifen die alten Zeiten und beide wissen wir, dass dreißig Jahre Schweigen einen
tiefen Spalt zwischen uns getrieben haben. Wie
früher bestellt sie Tee. Im Gegenzug fragt auch
sie mich nicht nach meiner Vergangenheit.

Weitere Treffen sagt sie unter verschiedenen
Vorwänden ab. So sehe ich sie nicht noch einmal.

Als ich nach Deutschland zurückkehre, bin ich
in Gedanken noch wochenlang in Teheran. Das
seltsame Gefühl, an keinen der beiden Orte richtig zu gehören, hat meine Gemütslage verändert.
Lustlos gehe ich zur Arbeit und nachts überfallen
mich Albträume.

Ein paar Monate später bittet mich ein alter Bekannter um ein Treffen in einem Kölner Café.

Es ist ein großes Lokal in einer breiten Straße,
gesäumt von Bäumen, die noch einzelne Blätter an
den Zweigen tragen. Der Rest bedeckt den nassen
Asphalt der Straße. Als ich die Glastür öffne, schlägt
mir eine angenehme Wärme entgegen. Viele Holztische und Stühle sind in mehreren Reihen aufgestellt.
An den Wänden hängen Fotos mit Ansichten aus
Iran und daneben iranische Musikinstrumente. Die
sanfte iranische Musik verstärkt die Melancholie des
Herbstnachmittags. Wo man auch ist, warum nur
sehnt man sich immer an einen anderen Ort?!

In Begleitung des alten Bekannten, der jetzt an

einem Stock geht, ist ein junges Mädchen gekommen. Sie heißt Chorschid, hat lange braune Haare
und Augen, von denen ich nicht weiß, wie sie aussehen, da sie mich kaum ansieht.

Wenn ich etwas frage, schaut sie jedes Mal in
eine andere Richtung und antwortet unkonzen-
triert. Ihre Beine bewegt sie so unruhig unter
dem Tisch, dass er zu wackeln beginnt. Als sie es
bemerkt, wechselt sie die Position und Minuten
später beginnt es von neuem. Mit ihren Fingern
trommelt sie leise den Takt einer Melodie, der
aber nicht zu der melancholischen Musik passt,
die im Café zu hören ist. Es ist klar, dass sie eine
andere Melodie im Kopf hat.

Der alte Bekannte erklärt, dass Chorschid allein nach Deutschland gekommen ist, einige Zeit
später auch ihr Vater. Jetzt möchten sie zusammenkommen und gemeinsam hier bleiben. Dafür haben sie eine lange Liste von bürokratischen
Angelegenheiten zu erledigen.

Die junge Chorschid wendet ihr Gesicht so
von mir ab, dass es mir nicht gelingt, auch mit einer plötzlichen Bewegung nur kurz in ihre Augen
zu schauen.

Als ich aus dem Café komme, bin ich geschafft.
Ich weiß nicht, wieviele nützliche Hinweise ich
ihr gegeben habe. Sie wird demnächst in mein

Büro kommen und mir ist klar, dass ich tagelang mit ihrem Problem beschäftigt sein werde. Ich sehne mich nach dem Café in Iran und nach dem schicken Getränk, von dem ich nicht weiß, wie es hieß.

Einige Male telefoniert Chorschids Vater mit mir und erzählt, dass ihre Mutter sie in Iran verlassen und ein neues Leben begonnen hat. Sie möchte ihre Tochter nicht mehr sehen.

Die Dinge kommen nur mühsam voran. Jedes Mal, wenn Chorschid kommt, vermeidet sie es, mich anzusehen. Nur einmal fasse ich mir ein Herz und sage ihr, dass ich gerne sehen würde, welche Farbe ihre Augen haben. Sie sind bestimmt schön. Empört erwidert sie, die Augen aller iranischen Mädchen sähen gleich aus.

Nach einigen Monaten wendet sich ihr Anwalt wegen der Vormundschaftsangelegenheit für das Mädchen ans Gericht. Das Problem sind fehlende Urkunden, die die Beziehung zwischen Vater und Tochter beweisen. Diese Dokumente sollen aus Iran kommen. Einen Tag vor dem Gerichtstermin kommt Chorschids Vater zum ersten Mal in mein Büro.

Er hat ein längliches, hageres Gesicht, Bartstoppeln verstärken sein ungepflegtes Äußeres. Ständig schiebt er seine Brille auf der Nase herum. Er hat ein Buch bei sich, das er in eine Lokalzeitung eingeschlagen hat, und er verbirgt es so geschickt, dass man nicht einmal erkennen kann, in welcher Sprache es ist. Jeden Punkt muss ich mehrmals erklären und man kann aus seinen Blicken lesen, dass er an wirklich allem zweifelt. Chorschid kommt eine Stunde später, kühl begrüßt sie ihren Vater, setzt sich seitlich von mir hin und fragt dann, ob ich morgen mit ihnen ins Gericht käme.

Als ich bejahe, schaut sie mich wieder nicht an, aber ich habe das Gefühl, dass sich ihr Gesicht aufhellt.

Nach einer verregneten Nacht strahlt am nächsten Morgen um 10 Uhr eine schöne Herbstsonne vom Himmel. Das Gericht ist in einem alten Gebäude mit großen Foyers und breiten, hellen Fluren untergebracht. An der Tür jedes Raums sind die Namen der Personen vermerkt, deren Fälle verhandelt werden, sowie die dafür vorgesehene Zeit.

Chorschid, ihr Vater und ihr Anwalt kommen gemeinsam. Ein Dolmetscher wartet bereits. Der aufgeregte, angespannte und ungepflegte Vater übergibt mir einen dicken Stapel Papier und in einem leicht gereiztem Tonfall sagt er, dass dies die benötigten Dokumente seien. Gestern seien sie angekommen.

Der Gerichtssekretär ruft uns auf. Chorschid, ihr Vater, der Anwalt und der Dolmetscher setzen sich in die erste Reihe. Ich setze mich allein in eine der hinteren Reihen. Der Richter ist ein älterer Mann, der uns zum Setzen auffordert, noch bevor wir bei seinem Eintreten respektvoll aufstehen konnten. Als er die dicke, mit einer Hanfschnur zusammengebundene Akte öffnet, dreht sich Chorschids Vater nervös um und schaut mich erwartungsvoll an. Gleichzeitig öffne ich den Papierstapel, und in der Hektik fällt alles zu Boden. Ich bücke mich schnell, um die Papiere aufzusammeln und sie dem Anwalt zu übergeben, als mein Blick auf einem Foto hängenbleibt. Der Gerichtssaal dreht sich in meinem Kopf und als ich den Kopf hebe, trifft mein Blick auf den von Chorschid, die mich anstarrt.

Ich überreiche die Unterlagen und bitte den Richter um Entschuldigung. Ich weiß nicht mehr, wie und nach wie langer Zeit ich nach Hause gekommen bin. Dort kämpfe ich mit Übelkeit und Erbrechen. Ich suche nach den Papieren, die ich aus Iran mitgebracht hatte und auf einer Liste mit Speisen und verschiedenen Telefonnummern finde ich ihre Nummer.

Nach dem ersten Klingeln nimmt sie den Hörer ab. Es scheint, als ob sie jederzeit auf einen

Anruf warte. Ich schreie: „Warum durfte ich keine Fragen stellen? Du hast es mir nicht erlaubt, aber ich habe die Antwort auf die Frage gefunden, die ich nicht stellen durfte. Deine Tochter ist hier."

Schweigen. Danach schluchzt sie: „Acht Jahre habe ich auf diesen Anruf gewartet." In diesem Moment schließt sich der 30 Jahre alte Riss in unserem Schweigen.

Zwei Monate später sehe ich sie auf dem Flughafen in Köln. Ihr Gesicht ist jetzt wieder vertraut. Ich schaue sie an, in ihrem Gesicht fehlt nichts. Ihr verlorengegangenes Lachen ist wieder an seinen Platz zurückgekehrt.

Zwei Frauen – ein Schicksal

Auf Bahnsteig 4 des Kölner Hauptbahnhofs stehen verstreut Leute. Es ist Ende Januar und es herrscht schneidende Kälte. Die Uhr zeigt 17:52 und bis zur Abfahrt des Zuges nach Nürnberg, der noch nicht eingefahren ist, sind es noch zehn Minuten. Frau S. holt aus ihrer Innentasche eine Schachtel Zigaretten, schließt den Reißverschluss ihrer schwarzen Jacke bis zum Hals und zieht die Mütze tiefer ins Gesicht. Steif setzt sie sich auf den kalten Metallsitz, stellt ihren kleinen Beutel daneben und starrt auf die Gleise, die aus der Entfernung nicht gut zu erkennen sind. Dann zündet sie sich eine Zigarette an.

Frau M. dreht sich einige Male verwirrt um sich selbst, um sich an Hand der Anzeigetafel auf dem Bahnsteig zu vergewissern, dass sie richtig steht. Sie wickelt sich ihren Schal noch einmal fester um den Hals und lässt den Griff ihres kleinen Koffers los. Ihre Hände steckt sie mitsamt den Handschuhen in ihre Jackentaschen und stellt sich neben S. Sie beginnt vor Kälte zu zittern.

Wie eine metallene Schlange fährt der Zug ein, und die verstreute Menge stürmt auf ihn zu. Die beiden Frauen gehen wie zwei Fremde zur Tür des zweiten Wagens, wortlos steigen sie ein. Sie suchen ihre Plätze, die einander gegenüber liegen. Ihr Gepäck legen sie in die Ablage, dann zwängen sie sich durch zu ihren Fensterplätzen und setzen sich hin.

„Ich bin müde vom vielen Hin- und Herlaufen heute. Wie angenehm warm es hier ist", sagt M. und schaut erwartungsvoll zu S., die ihr immer noch mit Mütze und Jacke gegenübersitzt und zum Fenster hinausstarrt. Sie schweigt wie in den ersten Tagen, als sie zur Beratungsstelle von M. kam und die ganze Zeit nur auf den Boden schaute. Wie sehr hatte sich M. in diesen Tagen gewünscht, einmal ihr ganzes Gesicht zu sehen. Und wie sehr hatte sie sich bemüht, bis es ihr endlich gelang, ihr Vertrauen zu gewinnen.

Der Zug ruckt an und setzt sich in Bewegung. Eine Lautsprecherstimme heißt die Reisenden willkommen und weist darauf hin, dass es im Zug ein Restaurant für die Fahrgäste gibt. M. erinnert sich an die Reisen in ihrer Kindheit, als ihr Vater unterwegs in den Lokalen für sich und ihre Mutter Essen bestellte und für sie jeweils einen zusätzlichen Teller. Dieser Extrateller war über die Jahre hinweg zu einer bitteren Erinnerung an diese Reisen geworden. Sie erzählt ihrer Begleiterin davon, in der Hoffnung das Schweigen zu brechen und die Atmosphäre etwas zu entspannen.

Der Zug hat noch kein Tempo aufgenommen, als es M. heiß wird. Sie öffnet ihren Kragen und fächelt sich schnell mit dem Reiseplan Luft zu. Sie schließt die Augen und weiß, dass es in einigen Augenblicken wieder vorbei sein wird. Trotzdem stößt sie ein langgezogenes „Pff" aus und denkt, dass diesen Laut bestimmt eine Frau als Reaktion auf ihre Schweißausbrüche erfunden hat. Dann ist es vorbei. Sie holt tief Luft, wischt sich den Schweiß ab und weiß, dass ihr Gesicht allmählich wieder seine normale Farbe annimmt.

Alle Bemühungen, über andere Themen zu sprechen, erweisen sich als zwecklos. Zwei Frauen aus zwei Journalistengenerationen durchleben im Abstand von dreißig Jahren das gleiche Schicksal. Und heute legen sie gemeinsam dieselbe Strecke zurück, die M. bereits vor dreißig Jahren gefahren war. Eine Fahrt auf Einladung des deutschen Bundesamtes für Migration und Flüchtlinge zur Überprüfung des Asylantrages von S., die vor einigen Monaten nach Deutschland gekommen war.

M. holt aus ihrer Tasche Papier und Stift und sagt: „Gut, gehen wir die Sache jetzt miteinander durch, damit du auf das morgige Interview vorbereitet bist."

Schweigen und ein Blick, der besagt: „Lass mich in Ruhe, ich möchte vergessen. Warum hört ihr nicht auf, wie oft muss ich denn diese verfluchte Geschichte noch wiederholen?" Aber sie sitzt entspannt auf ihrem engen Platz und erwidert: „Ok. Was soll ich sagen?"

Ihre Lustlosigkeit ist ihr deutlich anzusehen. Offensichtlich möchte sie rauchen.

„Gibt es hier keine Raucherabteile?"

Ihre Frage bleibt unbeantwortet in der Luft.

„Soll ich davon erzählen, wie ich hergekommen bin, damit ich diese Bürde loswerde? Es ist schrecklich, darüber zu sprechen. Wenn man doch nie wieder darüber reden müsste."

Schweigen und wieder Schweigen…

Draußen schneit es, die Flocken peitschen gegen die Scheiben. Ihre Stimme geht im Rattern des Zuges unter. Es ist dunkel, und nur manchmal ist ein schwaches Licht zu sehen, dann ist wieder alles schwarz … S. wendet ihren Kopf vom Fenster ab und schaut auf den Boden. Wie immer.

„Von Teheran bin ich mit dem Bus bis Tabriz gekommen. Ich stand noch unter Schock. Ich konnte es nicht glauben. Es war wie ein Traum, aus dem ich nicht erwachte. Jemand hätte mich anstoßen müssen, damit ich aufwache, aber da war niemand, den ich kannte. Ich hatte keine Ahnung vom Plan des Schleppers. Mein Leben war in die Hände von unbekannten Menschen geraten, und wie schlaftrunken tat ich alles, was sie sagten. Ich hatte keine andere Wahl. Von Tabriz gelangte ich mit einem Auto nach Bazargan an der Grenze zur Türkei und dort war es, als erwachte ich aus dem Traum und alle Angst der Welt stürzte auch mich ein. Was ist, wenn sie mich nicht durchlassen? Wenn ich aussteigen muss? Die Kälte, die Angst, die Reise in die Fremde und ich. Wo sonst in der Welt ist die Reise in ein anderes Land mit so viel Angst verbunden. Diese Furcht war so groß, dass man mich von dem Ort, an den ich gelangt war, wegbrachte. Es war, als ob ich keine Vergangenheit mehr hatte. Die Zeit stand still. Mein eingefrorenes Bewusstsein konnte nur einige Stunden, vielleicht sogar noch weniger vorausdenken. Eine Zukunft existierte nicht. Die Zukunft waren nur

Bäume, die wir erreichen mussten, um uns hinter ihnen zu verstecken. Dann tauchte ich wie aus einem schwarzen Loch auf. Man hat mir eine andere Identität gegeben. Ich hatte einen anderen Namen, den ich mir immer wieder vorsagen musste, um ihn nicht zu vergessen. Dort, unter all den fremden Menschen, war ich mir selbst am fremdesten. Am schlimmsten war der Zwang, vertrauen zu müssen. Aber man konnte das nicht Vertrauen nennen, denn um Vertrauen zu fassen, muss man auch eine Wahl haben. Aber ich hatte keine Wahl.

Als wir den Boden der Türkei betraten, brachte mich der Schlepper zusammen mit einem Mann aus Afghanistan in einem verlassenen Haus unter. In einer Dunkelheit, die endlos war. Einige Zeit später kam der Schlepper zurück und wir liefen stundenlang zu Fuß in einer Kälte, die bis in mein Innerstes kroch. Der Schlepper sagte fortwährend, dass wir uns bewegen müssten, sonst würden wir erfrieren. Wir liefen, bis wir zu einer Siedlung gelangten."

Der Fahrkartenkontrolleur kommt. Er hat ein breites Lächeln im Gesicht, und sein hervorstehender Bauch zeugt von seiner Leidenschaft für bayerisches Bier. Wenn er einen Fahrschein kontrolliert, sieht es so aus, als hätte er einen großen

Sieg errungen. Pfeifend legt er den Weg zwischen den Sitzreihen zurück.

S. hebt ihren Kopf. In ihren Augen steht Angst und ihre unruhigen Blicke lassen den Kontrolleur ihren Fahrschein mit besonderer Aufmerksamkeit kontrollieren. Wahrscheinlich gibt es in der Vorstellung des Schaffners keinen anderen Grund für ein solches Verhalten, als dass Reisende den Zug ohne Fahrschein besteigen.

„Ich dachte, dass wir den schwierigsten Teil der Reise hinter uns gebracht hätten, als ich begriff, dass ich stundenlang in einem Transporter unter der Ladung liegen muss. Man sagte uns, dass wir nichts essen und trinken sollten, weil es keine Möglichkeit gäbe anzuhalten. Dunkelheit und Dunkelheit und Angst und kaum Luft zum Atmen."

Ihr Atem geht kurz und schnell. Auf ihrer Stirn steht Schweiß, sie reibt ihre Hände aneinander und ihre Blicke ermatten.

Der Zug erreicht Frankfurt. Am Bahnhof warten Reisende. Auf Bahnhöfen und Flughäfen achten die Menschen weniger aufeinander, alle sind auf der Suche nach etwas oder nach einem Ort. Sogar wenn sie gemeinsam unterwegs sind, schauen sie sich nicht an. Reisender zu sein, bedeutet eine neue Identität, die Trennung, Herausgerissenwerden und Unstetigkeit in sich vereint. Ein junger Mann umarmt eine Frau und so wie sie sich immer wieder anschauen, scheint es, als ob sie sich zum ersten Mal im Trubel des Bahnhofs begegnet sind. Beim dritten Pfeifsignal des Schaffners fährt der Zug ab. Die neu zugestiegenen Reisenden verstauen lärmend ihr Gepäck.

„Von Istanbul bin ich mit einem gefälschten Pass als Ehefrau des Schleppers per Flugzeug nach Deutschland gekommen. Ich trug komische Kleidung, die man mir in Istanbul gekauft hatte. Jetzt war ich ein vollkommen anderer Mensch geworden. Ich war zu einem gefälschten Menschen geworden. Aber meine Angst gehörte mir allein, sie war das einzige, das echt war. In der Schlange vor der Passkontrolle dachte ich, bestimmt wissen alle, dass ich illegal gekommen bin. Ich glaube, dass ich aus lauter Angst diesen Teil der Flucht vergessen habe, denn ich weiß nicht mehr, was während der Passkontrolle geschah. Ich weiß nur, dass eine Stimme sagte: ‚Es ist vorbei und wenn du durch diese Tür gegangen bist, kennst du mich nicht mehr, du bist jetzt an einem sicheren Ort.‘ Es war vorüber, und ich habe ihn nie wieder gesehen. Als ich aus der Flughafenhalle trat, überkamen mich körperliche Schmerzen. Mein ganzer Körper tat weh und mir fiel ein, dass ich lange nichts Richtiges gegessen hatte. Vor allem aber wollte ich diese schreckliche Kleidung loswerden, damit ich vielleicht wieder ich selbst werde."

S. steht von ihrem Platz auf, schaut nach rechts und links, um zur Toilette zu gehen. Als sie zurückkehrt, hat sie ihr Gesicht gewaschen und sie zittert. Sie deckt sich mit ihrer Jacke zu und schließt die Augen. Ihr Gesicht ist bleich und ihre Lippen sind blau angelaufen. M. nimmt ihre Hände und versichert einige Male, dass es vorbei ist. Jetzt fühlt sie selbst kalten Schweiß an ihren Händen.

Der Zug hält in Würzburg. Diesmal gleiten die Blicke beider Frauen aus dem Fenster nach draußen, ohne dass sie etwas erkennen können.

M. ist angespannt. Es ist eine Angespanntheit, die mit dem Schweißausbruch und ihrer Müdigkeit nichts zu tun hat. Sie bemüht sich, ihre Aufmerksamkeit auf ein zweijähriges Mädchen zu lenken, das in der Reihe neben ihnen sitzt. Aber sie findet keine Ruhe. Sie ist aufgewühlt. Ihre Gedanken versuchen, die auf sie einstürmenden Erinnerungen an die Vergangenheit zurückzudrängen, aber sie sind hartnäckig und drängen sich immer wieder auf. Nach dreißig Jahren halten sie es wohl für ihr Recht, ernst genommen zu werden. Jahrelang hatte sie anderen gesagt, wann immer sie sich an ihre erlittenen Qualen erinnern können, ohne dabei Schmerz zu empfinden, seien sie geheilt. Und nun fühlt sie selbst, wie sehr sie ihre eigenen Leiden noch schmerzen. Ihr Herz schlägt schnell. Ihr Atem geht kurz und geräuschvoll. Sie lässt ihre Blicke ziellos umherschweifen, und in ihrem Innern schreit es laut: „Sprich es aus, vielleicht hört es dann auf!" Sie schaut S. in die Augen und erzählt:

„Es war Krieg, als ich mit meinem einjährigen Sohn aus Iran gekommen bin. Man hatte eine Möglichkeit für die Flucht gefunden. Wir mussten fliegen, aber die Flughäfen waren geschlossen. Während einer 48-stündigen Feuerpause sollte das Flugzeug starten. Der Flughafen Mehrbad in Teheran war menschenleer. Man hatte einen provisorischen Schalter zur Abfertigung einiger Flüge geöffnet, danach wurde der Flughafen wieder geschlossen. Überall waren Soldaten und Angehörige der Revolutionsgarden. Von allen Reisenden hatte ich das kleinste Gepäck. Es war keine Zeit zum Packen geblieben. Den Reisenden stand die Angst in die Augen geschrieben, Angst vor einem irakischen Angriff auf das Flugzeug. Angst davor, nicht fliegen zu können. Daneben gab es noch die Gewissensqualen, die Heimat, die sich in Gefahr befand, zu verlassen. Meine Gefühle waren eine Mischung aus Angst, Unruhe und den Gewissensbissen, die Lieben im Bombenhagel zurückzulassen, von dem du wusstest, dass er am nächsten Tag wieder beginnen würde. Es war ein zwiespältiges Gefühl aus Freude, dass du am Leben bist, und dem Kummer darüber, die Freunde zu verlieren. Einige Zeit später war ich auf demselben Weg wie jetzt zur Befragung im Flüchtlingsamt. Mit Ängsten und großer Aufregung, mit dem Gefühl von Einsamkeit, die später zu einem Teil meines Lebens wurde."

Der Schaffner kommt wieder, um die Fahrscheine der neu zugestiegenen Reisenden zu kontrollieren. Die Zeiten vermischen sich, und sein lachendes Gesicht verwandelt sich in das freudlose Gesicht der Schaffnerin mittleren Alters von vor dreißig Jahren, die die Fahrkarte von M. in der Hand hält und sich bemüht, ihr in gebrochenem Englisch verständlich zu machen, dass sie an der vorigen Station hätte umzusteigen müssen. Die Sorge, nicht pünktlich zum Termin im Flüchtlingsamt zu kommen, lässt sie noch nach dreißig Jahren erstarren. In ihrer Erinnerung tauchen der lange Warteraum und der strenge Blick des Dolmetschers auf und der zuständige Beamte, der angesichts ihres aufgelösten und kranken Aussehens nicht bereit war, das Gespräch mit ihr zu führen...

„Was sagt sie?" die Stimme von S. holt sie wieder in die Gegenwart zurück. Eine Frau mit einem Servierwagen bietet den Reisenden warme Getränke zum Kauf an und S. möchte einen Kaffee. Die Verkäuferin fragt mit osteuropäischem Akzent, ob sie ihren Kaffee sofort trinken möchte. Obwohl diese Frage nach Meinung von M. unsinnig ist, übersetzt sie im Durcheinander ihrer eigenen Gedanken wörtlich und S. sagt: „Nein, ich nehme ihn mit. Wir wollen morgen mit einem Mitarbeiter des Flüchtlingsamts frühstücken." Beide lachen, und mit einem schrägen Blick murmelt die Verkäuferin irgendetwas und geht weiter.

M. fährt fort: „Unsere Generation war in widersprüchlichen Gefühlen gefangen. Sie fand keine Möglichkeit, sich um sich selbst zu kümmern. Sie verdrängte ihre Erinnerungen und widmete sich äußeren Dingen. Wenn wir dort nicht bestraft worden wären, hätten wir uns hier selbst bestraft. Dafür, dass wir nicht eingesperrt und hingerichtet worden sind, dafür, dass wir nicht im Krieg gestorben sind."

„Soll ich Ihnen noch ein paar lustige Witze über blöde Fragen erzählen?" Es ist die Stimme von S., die genussvoll Schluck für Schluck ihren Kaffee trinkt. Die jugendliche Frische ist in ihren Blick zurückgekehrt.

Der Zug hält in Nürnberg. Es liegt Schnee. Der Bahnhof ist leer. Es ist 22:27 Uhr. Nur wenige Reisende nehmen ihre Koffer um auszusteigen. Die beiden Frauen heben ihr Gepäck von der Ablage und ziehen sich an. Sie steigen die zwei Stufen vom Zug hinab auf Bahnsteig 3. M. zieht den ausziehbaren Griff ihres kleinen Koffers hoch, wickelt sich den Schal um den Kopf und sucht nach der Treppe. S. zündet sich eine Zigarette an und wirft sich ihren Beutel über die Schulter. Beide gehen wortlos wie zwei Fremde mit ihrem gemeinsamen Schicksal in Richtung Ausgang des Nürnberger Bahnhofs.

Flüchtlingscafé

Das Flüchtlingscafé liegt in einer schmalen Einbahnstraße im Nordwesten der Stadt, ein belebter Ort, an dem die meisten Bewohner Ausländer sind. Kleine Geschäfte verkaufen Billigwaren und niemand wartet dort darauf, dass die Ampel auf Grün schaltet, um die Straße zu überqueren. Das Café befindet sich im Erdgeschoss eines Gebäudes, das unter der Woche als Wartezimmer des Servicebüros für Flüchtlinge genutzt wird. Auf den Fensterbänken der beiden großen Fenster liegen Broschüren über die kulturellen Aktivitäten des Vereins aus.

Den kleinen Raum des Cafés füllen sechs runde Tische mit bunten Kerzen darauf, umgeben von jeweils vier Kaffeehausstühlen. Gegenüber der Eingangstür, die beim Öffnen immer knarrt, steht ein hölzerner Tresen, dahinter eine Vitrine, in der die verschiedensten Gläser aufgereiht sind. Unter dem Tresen befindet sich neben einem kleinen Kühlschrank mit Bier- und Mineralwasserflaschen ein Karton mit ein paar Sachen von Kumar.

Kumar kommt dienstagnachmittags um 4 Uhr. Er ist mittelgroß, hat eine dunkle Gesichtsfarbe, volle Lippen, regelmäßige weiße Zähne und graumelierte, zur Seite gekämmte Haare. Wenn er den Raum betritt, hängt er zuerst eilig seine Jacke an die Garderobe neben der Tür und wischt dann den Tresen und die Tische mit einem feuchten Tuch ab. Er kontrolliert mit prüfenden Blicken die Gläser und holt schließlich seinen Karton unter dem Tresen hervor. Er rückt einen Tisch zu sich heran und stellt eine Tafel darauf, auf der Zeitungsausschnitte mit Nachrichten über Flüchtlinge aufgeklebt sind.

All das dauert etwa eine Stunde. Danach holt er eine Kassette aus dem Karton, legt sie in den alten Recorder ein, richtet die beiden Lautsprecher aus und dreht die Lautstärke auf. Das Café wird von fröhlichen Rhythmen indischer Musik erfüllt und er summt leise mit. Sobald sich das Café mit Gästen füllt, stellt er den Recorder aus. Und während er sich ständig mit jemandem unterhält, wird seine eigene Stimme zur Hintergrundmusik des Cafés. Er redet schnell und deutsch mit einem indischen Akzent, so schnell, dass man nicht verstehen kann, ob er richtig oder falsch spricht.

Das Café hat Stammgäste, die jede Woche kommen. Sie haben ihre festen Plätze und wenn schon jemand darauf sitzt, schickt Kumar sie an einen anderen Tisch.

Margaret, eine der ständigen Besucherinnen des Cafés, sagt, sie sei über fünfzig, aber niemand weiß, wie weit sie die überschritten hat. Sie ist groß und schlank, hat kurze, dünne, hellbraune Haare, ein kantiges Gesicht und trägt eine runde, aus der Mode gekommene Brille, die einen Großteil ihres Gesichts bedeckt. Sie schminkt sich nie. Ihre engen, ausgeblichenen Hosen trägt sie im Winter zu weiten Pullovern und im Sommer zu langen, schlecht sitzenden T-Shirts.

Margaret kommt gewöhnlich vor ihrem vierten Ehemann Pedro ins Flüchtlingscafé, einem gutaussehenden jungen Kubaner, der stolz auf seine 27 Jahre ist. Wenn sie eintritt, wirft sie einen kurzen Blick in die Runde um abzuschätzen, ob Pedro eventuell Gefahren durch andere Frauen drohen.

Eine Stunde später trifft Pedro ein, mit durchtrainierter Figur und dunkler Hautfarbe, in einem weit geschnittenen Hemd und einem braunen

Sakko, mit Lederschuhen, die auf dem Holzfußboden des Cafés knarren. Um den Hals trägt er ein Band aus schwarzem Leder mit einem blauen Anhänger, um sein Handgelenk einige farbige Stoffbänder. Die Haare sind gegelt. Sobald er das Café betritt, liegt der Duft seines billigen Kölnisch Wassers in der Luft. Er setzt sich neben Margaret, aber so, dass er das ganze Café im Blick hat. Dienstags ist Margaret damit beschäftigt, ihre wöchentliche Ration Zigaretten zu drehen. Und während sie Pedro beobachtet, legt sie ihre handgedrehten Zigaretten vorsichtig in ein silbernes Etui. Wenn sie damit fertig ist, zündet sie sich eine an, Pedro protestiert dagegen auf Spanisch und sie drückt sie daraufhin wieder aus.

Die früheren Ehemänner Margarets waren ein Türke, ein Marokkaner und ein Chilene. Nachdem sie ihre Aufenthaltsgenehmigung erhalten hatten, trennten sie sich von ihr. Margaret durchlebte jedes Mal nach der Trennung eine schwierige Zeit und hier im Café weinte sie sich an der Schulter von Kumar aus. Kumar, der einem Ausländer gegenüber nie böse sein konnte, tröstete sie: „Du hast etwas Großartiges getan, du hast einen Menschen aus schlechten Bedingungen herausgeholt. Deine Liebe ist von großem Wert für die ganze Welt und eines Tages wird das sicher anerkannt."

Der Trost Kumars und lange Psychotherapien hatten Margarets Befinden schließlich soweit gebessert, dass sie in ein neues Land reisen und sich dort in einen hübschen jungen Mann verlieben konnte. Nach einigen Monaten der Trennung und Margarets Wehklagen und Kummer kam der Geliebte schließlich her und sie heirateten, damit er eine Aufenthaltsgenehmigung erhielt.

Die Ausländerbehörde in Deutschland, die über Margarets Mitwirken zur Erhöhung der Ausländerquote nicht erfreut war, ließ bezüglich ihrer letzten Eheschließung Strenge walten. In der vergangenen Woche war sehr früh am Morgen ein Mitarbeiter zur Kontrolle zu ihnen nach Hause gekommen. An jenem Tag war Pedro rechtzeitig von einer seiner nächtlichen Touren nach Hause zurückgekehrt und alles war gut gegangen. Aber Margaret wusste, dass sie unter Beobachtung der Behörde steht und diesen Umstand nutzte sie für die Beaufsichtigung von Pedro aus.

Ein weiterer Gast im Flüchtlingscafé ist Ralf. Er hat eine kräftige Figur, wenig Haare auf dem Kopf und einen kurzen Bart, bei dem nicht zu erkennen ist, welche Farbe er eigentlich hat, es ist ein Gemisch aus gelblichen, weißen und bräunlichen Stoppeln. Er trägt Bluejeans, dazu Leinenschuhe und einen roten Schal um den Hals, je nach Jahreszeit im Sommer und Winter in unterschiedlicher Qualität. Ralf betritt das Café immer mit ernster Miene, hängt seine Jacke über die Stuhllehne, lässt sich - ohne Kumar zu beachten - gebeugt auf seinem Stammplatz nieder und schlägt die Beine übereinander. Geräuschvoll blättert er in der Zeitung und studiert die Nachrichten, während er sein Gesicht dazu verzieht. Wenn jemand neben ihm sitzt, erzählt er ihm alle Einzelheiten.

Bis vor einem Jahr besprach er alles mit Kumar. Sie saßen bis in die späte Nacht beieinander und erklärten sich gegenseitig die Weltlage, ungeachtet dessen, wieviel sie jeweils vom anderen verstanden.

Alles ging gut bis zu dem Abend, als die Gemüter der beiden von kubanischem Schnaps, einem Geschenk Margarets, erhitzt waren, sie einem sprachlichen Missverständnis zum Opfer fielen und Kumar der Meinung war, dass Ralf abfällig über seine Herkunft gesprochen habe, woraufhin er im Gegenzug das Wort „Faschist" für die Herkunft Ralfs gebraucht hatte.

Nach diesem Abend sprachen die beiden nicht mehr miteinander. Und wenn sich Ralf an den Tresen stellte, um sein Bier zu bekommen, wandte Kumar sein Gesicht zur Seite, stellte ein Bier hin und Ralf legte den genau abgezählten Betrag hin. Sosehr Ralf diese Kälte mit Schweigen quittierte, hielt es Kumar nicht davon ab, manchmal hinter Ralfs Rücken die unter vier Augen geäußerten Worte weiterzuerzählen, die an den vom Alkohol berauschten Abenden gefallen waren.

Auch eine Gruppe Afghanen kam immer ins Café. Manchmal kamen so viele, dass Kumar aus den anderen Räumen Stühle herbeischaffen musste. Sie unterhielten sich mit ruhiger Stimme und einer schrieb geschwind mit. Ein Mann mittleren Alters, der eine wichtige Position in der Gruppe zu haben schien, redete mehr als die anderen und verließ mit zwei Begleitern das Café immer vor den anderen. Obwohl sich Kumar sehr bemühte, gelang es ihm nicht, mit ihm ins Gespräch zu kommen. Aber er hatte herausgefunden, dass er in einer anderen Stadt lebte und sich immer dienstags im Flüchtlingscafé verabredete. Die Afghanen waren die einzige Gruppe, für die Kumar Tee zubereitete und manchmal legte er etwas von den Süßigkeiten aus den türkischen Geschäften dazu, stellte diese aber nicht in Rechnung.

Goodfrey kam spät, in Kleidung, die ihm Kumar besorgt hatte, allerdings waren die Ärmel zu kurz. Meistens sah er müde aus. Er lebte allein. Wenn er ins Café kam, sank er erschöpft auf einen Stuhl nieder. Kumar freute sich immer, ihn zu sehen, zapfte für ihn und sich ein Bier, nahm aber kein Geld dafür. Goodfrey trank sein Bier mit Genuss, wischte sich mit dem Handrücken den Schaum ab und erzählte in gebrochenem Deutsch etwas über die aktuelle Politik in Uganda, was Kumar nicht verstand. Aber er hörte interessiert zu. Und auch er legte ganz schnell seine politischen Ansichten dar, die vor allem England betrafen. Auch Goodfrey verstand nicht, was er sagte, aber sie blieben lange und sprachen miteinander. Kumar gehört zu den wenigen Indern, die gar kein Englisch können. Er sagt, wegen der Grausamkeiten der Engländer sei er nicht bereit, ihre Sprache zu lernen.

Kumar ist überzeugt, dass Flüchtlinge tapfere Menschen sind, die es geschafft haben, Krieg und Gefängnis zu entkommen und hierher zu gelangen. Später kehren sie wieder in ihre Länder zurück und erhalten dort wichtige Positionen. Sie verändern das Schicksal ihres Landes und dieses Café wird einmal in der ganzen Welt bekannt werden. Die Bilder vom Leben der Flüchtlinge ähneln aus Kumars Sicht mehr den James-Bond-Filmen, sie sind voller Aufregung, mit packenden Szenen und einer Struktur, die er sich in seinen Gedanken zusammengebastelt hat.

Seit einigen Tagen ist das Wetter unangenehm warm, schwül und stickig. Kumar hat die Tür und die Fenster des Cafés offengelassen, ein Standventilator neben dem Tresen vertreibt die warme Luft. Ein großer Blumenstrauß, der wegen der Hitze schon angewelkt ist, steht auf dem Tresen, daneben ein Gefäß mit Süßigkeiten aus dem türkischen Laden. Auf den Tischen liegen Papierblumen in grellen, hässlichen Farben und trotz der Helligkeit brennen Kerzen.

Heute scheint etwas Besonderes im Café zu geschehen. Wenn die Gäste Kumar danach fragen, schüttelt er mit ernster Miene seinen Kopf und sagt: „Ihr werdet es dann schon selbst sehen. Nun ist der Tag doch noch gekommen." Obwohl Kumar einen aufgeregten Eindruck macht, sitzt er bei der weinenden Margaret. Von Zeit zu Zeit legt sie ihren Kopf auf Kumars Schulter und aus den Liebkosungen Kumars, dessen Hand mitunter von ihrem Kopf weiter nach unten streicht, kann man nicht erkennen, ob er wirklich nur Trost spenden will. Ralf schwitzt in der Hitze, er hat seine Zeitung zu einem Fächer umfunktioniert und wirft gelegentlich einen verstohlenen Blick auf Kumar.

Anstelle der Afghanen sitzen einige Iraner um einen Tisch und schreiben ein Blatt Papier mit den Ergebnissen ihrer Beratung voll. Auf der Tafel neben dem Tresen sind keine Zeitungsmeldungen, an ihrer Stelle befindet sich das vergrößerte Foto einer Gruppe von Afghanen, die nach Deutschland gekommen war. Darunter steht geschrieben, dass eine Regierungsdelegation aus Afghanistan zu Verhandlungen in Berlin eingetroffen ist. Über den Kopf einer Person auf dem Foto hat Kumar mit einem Filzstift ein großes X gemalt.

Gegen 9 Uhr abends bremst ein dunkler Mercedes vor dem Café. Vorn steigt ein kräftiger Mann aus dem Auto. Er trägt einen dunklen Anzug. Seine Hand hat er bedeutungsvoll an die Hüfte gelegt. Aus dem Fond des Autos steigt ein weiterer kräftiger Mann. Er schaut sich um, wirft einen spöttischen Blick auf das Café und als noch ein weiterer Mann aussteigen möchte, schließt er die Tür und sagt ihm etwas durchs Fenster. Dann betritt er mit dem ersten Mann das Café.

Die Gäste wundern sich und werden unruhig. Kumar steht lächelnd von seinem Platz auf, Margaret trocknet schnell ihre Tränen und Ralf wendet sich zum ersten Mal nach Jahren an Kumar und fragt, was los sei.

Die bewaffneten Personenschützer stellen sich vor. Kumar gibt ihnen die Hand und Ralf fragt, wen sie schützen und was sie hier wollen und wendet ein, dass es nun mit der Ruhe für alle vorbei sei. Kumar lächelt triumphierend. Ohne Ralf zu beachten, verlässt er das Café, gleichzeitig wird die Autotür geöffnet und Goodfrey steigt in einem schicken Anzug aus der Limousine.

Kumar umarmt Goodfrey und klopft ihm einige Male fest auf den Rücken, sodass die bewaffneten Männer näher kommen. Vor den anderen geht Kumar ins Café zurück. Er ist aufgeregt und spricht noch schneller als sonst. Niemand versteht, was er sagt. Goodfrey geht zu Ralf, streckt ihm die Hand entgegen und erklärt ihm auf Englisch, dass er als Führer der Oppositionsgruppe der ugandischen Regierung hier sei. Die meiste Zeit verbringe er in Afrika und jetzt sei er zu Verhandlungen mit einer anderen Gruppe, die aus England kommt, nach Europa gekommen. Es tue ihm leid, dass er nicht einfach so hier vorbeischauen könne. Die deutsche Regierung habe ihm wegen der Bedeutung der Verhandlungen und seiner Person Personenschutz zugeteilt.

Goodfrey geht auf ein Zeichen von Kumar zu dem markierten Foto auf der Tafel und Kumar schreit fast: „Das ist ein anderer Gast unseres Cafés, der stellvertretende Außenminister Afghanistans." Goodfrey wendet sich Kumar zu, der nahe bei ihm stehengeblieben war. Er gibt ihm eine zusammengefaltete Zeitung, in der ein Foto des Flüchtlingscafés mit dem Schild über der Tür zu sehen ist. Triumphierend schwenkt Kumar die Zeitung über dem Kopf und sagt: „Seht her, sogar in Afrika kennt man unser Café!"

Einsame, traurige Mütter

Es ist 11 Uhr an einem verhangenen regneri-schen Tag im Dezember. Bis zu den Weih-nachtsferien sind es nur noch wenige Tage. Die gesamte Stadt ist in festliche Beleuchtung ge-taucht. In Erwartung der Feiertage sind die Men-schen in hektischer Aufregung. In ihren Gesich-tern liegt mehr Rastlosigkeit als Freude. Zu jeder Tageszeit sind die U-Bahnen voller Menschen, von denen man nicht weiß, wo sie bis vor ein paar Wochen noch waren. Jetzt tauchen sie auf einmal auf und bringen alles in Unordnung.

Das Gebäude des Jugendamtes ist ein unförmi-ges Haus mit mehreren Etagen und verwinkelten Fluren, in denen das Auffinden eines Zimmers zu einer regelrechten Detektivarbeit wird. Wenn man vom Erdgeschoss nach oben schaut, sieht es wie ein Gefängnis in einem amerikanischen Film aus. In den einzelnen Etagen sieht man Menschen mit Papieren in der Hand herumirren und nach einer Zimmernummer suchen. Andere, die endlich die richtige Nummer und den richtigen Buchstaben gefunden haben, zeigen mit stolzem Blick den Suchenden, wie man sich orientiert.

Obwohl die Mitarbeiter des Jugendamtes in diesen Tagen sich nicht mehr von schwierigen Fällen vereinnahmen lassen wollen, sind sie dennoch verpflichtet, diesen Fall angesichts der außergewöhnlichen Situation und der Angst vor möglichen schlimmen Folgen zu prüfen und der Mutter den bereits gefassten Beschluss mitzuteilen.

Die 15-jährige Marina wartet in einem der verwinkelten Flure des Gebäudes. Sie hat sich in eine dunkelblau-grün-karierte Jacke eingehüllt und trägt eine ausgeblichene Jeans. Ihr Gesicht ist blass, ihre blauen Augen starren leer und ausdruckslos auf einen Punkt gegenüber. Die Hände stecken in den Jackentaschen und sie sitzt so krumm auf ihrem Platz, dass ihr Kinn im Kragen versunken ist.

Eine halbe Stunde ist seit dem vom Jugendamt festgelegten Termin vergangen, aber von ihrer Mutter fehlt jede Spur. Sie geht auch nicht an ihr Handy.

Als eine Stunde später eine junge Mitarbeiterin erklärt, dass sie wegen des Nichterscheinens der Mutter den Termin auf später verschieben muss, schießen Tränen in Marinas Augen und sie sagt mit flehender Stimme: „Warten Sie noch ein wenig, sie kommt bestimmt." Sie hat ihren Satz noch nicht beendet, als eine Frau verängstigt vom anderen Ende des verwinkelten Flurs herbeieilt. Sie sieht erregt und müde aus und hat noch das Make-up vom Vortag im Gesicht. Ihre Augen sind geschwollen und ihre Haare dieses Mal blondgefärbt. Sie trägt einen grünen Mantel, darunter schaut die weiße Spitze ihres Kleides hervor. Ihre Schritte in den schwarzen, hochhackigen Stiefeln hallen im Flur wider.

Als sie das Zimmer betreten, keucht Marinas Mutter und vor Verwirrung weiß sie nicht, auf welchen Platz sie sich setzen soll. Unstet wandern ihre Blicke umher, ohne jemanden anzusehen. Schließlich wählt sie einen Stuhl etwas abseits von ihrer Tochter, setzt sich, schiebt ihr ein unterwegs gekauftes Sandwich hin, dazu ein Päckchen Milchkakao, und besteht darauf, dass sie ihn sofort trinkt, weil er ihr gut täte. Die Tochter schiebt das Sandwich wütend zurück und sagt etwas Unverständliches. Die Frau sackt in sich zusammen. Sie holt ein Taschentuch aus ihrer

Tasche und wischt sich damit die Tränen und den Schweiß ab. Zum heutigen Termin ist kein Dolmetscher gekommen. Das Mädchen spricht fließend Deutsch und die Mutter zumindest so viel, wie zur Regelung ihrer Angelegenheiten nötig ist. In der Akte gibt es mit der Zustimmung von Marina und ihrer Mutter einen Bericht über die Beratungsgespräche.

...

Zu den Terminen kommt Marinas Mutter unregelmäßig. Alle Ermahnungen, die Beratungsstunden einzuhalten und ernst zu nehmen, blieben wirkungslos. Gewöhnlich ruft sie eine halbe Stunde oder direkt zur vereinbarten Zeit an und redet sich damit heraus, dass ihre Tochter sie geärgert habe, dass sie Kopfschmerzen habe oder auch, dass sie wegen der Tochter nachts nicht schlafen könne und es ihr schlecht gehe.

Wenn sie tatsächlich kommt, hört man ihr Eintreffen an den lauten Geräuschen ihrer hohen Absätze. Sie tritt damit so kraftvoll auf, als wolle sie ihrer Anwesenheit Nachdruck verleihen und all die Male ausgleichen, an denen sie nicht erschienen ist. Sie trägt billigen Schmuck und ist nachlässig geschminkt. Make-up und Haarfarbe wechselt sie ständig. Sie hat eine eigene Art sich zu kleiden, immer ist ihre Kleidung mit bunten Spitzen und goldfarbenen glänzenden Bändern versehen.

Sie sagt: „Ich ziehe mich so an, wie es mir gefällt." Dann hebt sie den Kopf und mit halbgeschlossenen Augen wirft sie ihr Haar auf die andere Seite. Vielleicht würde man das als eine Art weibliche Koketterie bezeichnen, wenn sie das mit mehr Eleganz täte. Aber ihre Bewegung sieht mehr nach Trotz und Eigensinn aus. Bevor sie zu sprechen beginnt, trinkt sie immer gierig ein Glas Wasser. Und egal zu welcher Jahreszeit, sie hat immer einen geöffneten Bastfächer in der Hand und spielt damit herum.

„Wir dachten, weil wir in einem kleinen Ort abseits von den großen Städten leben, sind wir weit weg vom Krieg und seinen Auswirkungen. Die Nachrichten, die wir hörten, waren furchtbar. Eines Morgens waren wir gerade aufgewacht, als von draußen Lärm, Kreischen und Geschrei zu hören waren. Wir wussten noch nicht, was passiert war, als meine Mutter schrie: ‚Sie kommen!' Ich rannte ins Bad und versteckte mich hinter der Tür. Mein Bruder folgte mir. Unser Vater war gerade in die Stadt gefahren, um etwas zu erledigen. Dann hörten wir, wie die Haustür aufgebrochen wurde. Mein Bruder floh durch das Badfenster hinaus auf die Gasse. Ich rief: ‚Nimm mich mit!‘ Aber er lief weg und ein paar Minuten später fanden sie mich im Bad." Sie steht von ihrem Platz auf und fächelt sich hektisch Luft zu. Einige Male geht sie im Zimmer auf und ab, dann setzt sie sich wieder, schließt den Fächer und fährt fort: „Sie drehten mir die Arme um und schlugen meinen Kopf auf den Boden, mir wurde schwarz vor Augen. Angesichts der Schmerzen und des Schocks begriff ich nicht, was passierte. Ich glaube, ich habe geschrien, aber ich weiß nicht, ob überhaupt ein Laut aus meiner Kehle gekommen ist. Ich habe meine Stimme nicht gehört. Mir war, als sei ein Ungeheuer über mich hergefallen. Ein Ungeheuer mit blauen Augen. Mein ganzer Körper war ein einziger Schmerz. Dann kann ich mich an nichts mehr erinnern. Sie haben das Haus verwüstet und meine Tante getötet, die im Nebenhaus wohnte. Als mein Vater ein paar Tage später nach Hause zurückkehrte, würdigte er mich keines Blickes. Unser Haus versank in ein tödliches Schweigen. Niemand sprach über diesen Tag. Mein Bruder sah mich nicht an und meine Mutter weinte, wenn sie allein war."

Sie fragt, ob sie ihre Schuhe ausziehen dürfe. Sie hat den Satz noch nicht beendet, als sie ihre Schuhe schon neben den Stuhl stellt. Ihre Fragen sind meist eine Erklärung, die sie in Form einer Frage äußert.

„Einige Monate später veränderte sich mein Körper. Ich dachte, es sei wegen des Schocks, den ich erlitten hatte. Ich ließ mich im Haus nicht weiter sehen und wir alle vermieden es, einander anzuschauen, sodass die anderen die Veränderungen an mir nicht bemerkten. Als ich sicher war, dass ich schwanger bin, habe ich mich noch mehr bemüht, mich vor den anderen zu verbergen. Ich war in einer seltsamen Situation, ich fühlte, dass das Wesen, das in mir heranwächst, das einzige ist, das weiß, was ich erlitten hatte. Ich dachte, dass es diese Qual mit mir teilt. Ich hatte vergessen, dass dieses Kind auch einen Vater hat. Als meine Familie begriff, dass es einen Skandal geben würde, bestanden sie darauf, dass ich es wegmachen ließe. Aber als sie begriffen, dass ich es behalten möchte, kam es zur Katastrophe. Sie warfen mir vor, das Kind eines Feindes austragen zu wollen. Mein Bruder schlug mich, und meine Mutter verlangte unter Drohungen, dass ich das Kind abtreibe. Sie selbst hatten schon alles arrangiert. Aber ich floh, versteckte mich im Haus einer Freundin und konnte dann nach Deutschland kommen."

Sie atmet hörbar, setzt sich aufrechter hin und

streicht die Spitze an ihrem Rock glatt. Wieder trinkt sie ein Glas Wasser in einem Zug aus.

„Mein Kind kam hier auf die Welt. Die gesamte Familie hat den Kontakt zu mir abgebrochen. Auch später, als sie nach Deutschland kamen, wollten sie uns nicht sehen. Meine Tochter war mein ganzer Lebensinhalt geworden. In den ersten beiden Jahren war alles gut, hier kannte niemand die Wahrheit. Bis mir eines Tages, als ich sie anschaute, die blauen Augen des Mannes einfielen, jenes Ungeheuers. Und auf einmal sah ich die Ähnlichkeit. Von diesem Tage an war alles anders. Meine Beziehung zu ihr war einerseits voller Liebe, war sie doch das einzige, was ich hatte. Andererseits erinnerte sie mich an das bitterste und schmerzhafteste Ereignis in meinem Leben. Das war in all den Jahren so und je älter sie wurde, desto schlechter wurde unser Verhältnis. Ich habe ständig ein schlechtes Gewissen Marina gegenüber. Ich denke, ich bin eine schlechte Mutter. Aber ich weiß nicht, was ich hätte tun sollen. Ich möchte ihr so gerne alle Liebe dieser Welt schenken, aber ich weiß nicht wie. Es ist als ob meine Seele gelähmt ist. Auf einmal habe ich keine Gefühle mehr. Mein Inneres wird zu einem tiefen Loch, ich werde wie eine hohle Gipsfigur."

Sie schweigt, einige Minuten lang sagt sie

nichts. Äußerlich wirkt sie wie eine Statue. Sie wird bleich und starrt vor sich auf den Tisch. Mit einer Bewegung ihres Fächers kommt sie zu sich, ihr Gesicht bekommt wieder Farbe.

„Marina wird jeden Tag in sich gekehrter. Jahrelang hat sie mich nach ihrem Vater gefragt und ich habe ihr keine richtige Antwort gegeben. Bis wir uns eines Tages stritten und ich die Wahrheit gesagt habe. Ich dachte, sie kann mich verstehen. Je mehr Zeit verging, desto hilfloser wurde ich. Ich habe mich seltsam herausgeputzt und unsinnige Dinge getan. Ich habe mein Äußeres verändert und wollte damit einen anderen Menschen aus mir machen. Ich wollte eine Mutter aus mir machen, die sie liebt. Aber all das hat mich nur weiter von ihr entfernt.

Sie sprach kaum mit mir und das verletzte mich noch mehr. Sie sah mich immer an, als ob sie mich für alle Sünden der Welt bestrafen möchte. Vor einigen Monaten ging sie zum Jugendamt und hat damit gedroht, sich das Leben zu nehmen, wenn man sie nicht woanders unterbringt."

Die zuständige Mitarbeiterin des Jugendamtes legt die Papiere, die sie zur Unterschrift vorbereitet hat, vor Marinas Mutter hin und diese unterschreibt zügig. Dann fragt sie: „Was war das?" Die Tochter wirft ihr einen wütenden Blick zu und sagt wieder etwas Unverständliches. Im selben Moment bricht ein heftiger Streit zwischen ihnen aus. Die Frau geht auf die Tochter los. Der Angestellten und ihrem Kollegen gelingt es, sie zu trennen. Sie erklärt, dass die Tochter in ein Wohnheim für Jugendliche zieht und das Jugendamt zeitweilig die Vormundschaft übernimmt.

Marinas Gesicht entspannt sich. Mit traurigem Blick nimmt sie den Koffer, den sie in einer Ecke des Zimmers abgestellt hatte, und verlässt mit der Mitarbeiterin des Jugendamtes das Zimmer.

Ihre Mutter wirft ihr Haar auf die andere Seite. Sie nimmt ihre Tasche, läuft ihrer Tochter im Flur nach und ruft auf Deutsch hinterher, dass sie das Sandwich vergessen habe. Dann schaut sie aus dem Fenster auf die illuminierte Straße und spricht ins Leere: „Diese Festbeleuchtung macht meine Einsamkeit noch deutlicher." Und lautlos verschwindet sie in den verwinkelten Fluren.

...

Der Frühling kam mit Verspätung und Regen, aber er kam leicht und graziös. Es ist 8 Uhr im düsteren Gebäude des Jugendamtes. Eine schlanke Frau mit graumelierten Haaren und einem hageren Gesicht, bekleidet mit einer langen, schwarzen Jacke und einer dunkelgrauen Hose, geht unruhig im kurzen Flur auf und ab. Von Zeit zu Zeit wischt sie mit einem Taschentuch ihre Tränen ab und zwar so, dass es ihre Tochter Gelareh sehen kann, die lässig auf dem Stuhl sitzt.

Gelareh trägt hautenge Hosen und eine Bluse in einem schönen Blau, ihre langen schwarzen Haare verdecken einen Teil ihres Gesichts. Sie ist stark geschminkt und kaut geräuschvoll einen Kaugummi. Ihre Umgebung nimmt sie nicht wahr, sie ist mit ihrem Telefon beschäftigt und wartet gelassen.

Die Mitarbeiterin des Jugendamtes ruft Mutter und Tochter dienstbeflissen und genau zur vereinbarten Zeit in ihr Büro. Ein Dolmetscher ist da, der für die Mutter ins Kurdische übersetzt. Diese wischt sich schnell die Tränen ab, und es scheint, dass sie weniger auf die Worte achtet, dafür aber den Blick nicht von der Tochter abwendet.

Als ob Gelareh die ganze Zeit darauf gewartet hätte, sprechen zu können, sagt sie plötzlich laut: „Ich habe es satt, in Trauer und Kummer zu leben. Ich bin lebendig und möchte leben. Ich habe meinen Vater nie gesehen. Gut, er war ein wichtiger Mann und hat viel geleistet, aber ich möchte ich selbst sein. Unser ganzes Leben ist düster. Meine Mutter trauert immer noch um meinen Vater und denkt, wenn sie unbeschwert lebt, begeht sie Verrat an ihm. Unsere ganze Wohnung ist voller Schwarzweißfotos von meinem Vater. Ich möchte gerne Fotos von meinen Lieblingssängern an die Wand hängen. Ich möchte fröhliche Musik hören. Ich weiß überhaupt nicht, welche Ziele mein Vater hatte, um seinen Weg weiterzugehen. Unser ganzes Leben besteht nur aus Nachrichten aus der Politik und Menschen, die scheinbar nur zum Trauern zu uns kommen. Ich habe Kurdistan nie gesehen und in meiner Vorstellung ist es ein Ort voller Leiden und Qualen. Warum soll ich in den besten Tagen meines Lebens immerzu an einen solchen Ort denken? Je mehr Druck meine Mutter auf mich ausübt, dass ich wie sie denken soll, desto mehr entferne ich mich von ihr. Oft komme ich abends nicht nach Hause, bleibe bei meinen Freunden. Meine Mutter hält das vor allen geheim. Ich liebe sie, aber ich kann nicht mehr mit ihr zusammenleben. Wenn Sie mir nicht helfen, bringe ich mich um. Dann hat meine Mutter einen wirklichen Grund zu trauern."

Gelarehs Mutter weint und die Falten in ihrem

Gesicht werden tiefer. Sie sieht plötzlich einige Jahre älter aus. Hilflos schaut sie ihre Tochter an. Dann heftet sie nervös ihren Blick auf den Mund der Mitarbeiterin des Jugendamtes, die die Akte und den Bericht der Beratungsstelle vorliest.

Zu den Beratungsterminen kommt Gelarehs Mutter regelmäßig und pünktlich. Sie macht immer einen traurigen Eindruck und ist dunkel gekleidet. Meist hat sie einen Beutel mit Behördenbriefen zum Fall ihrer Tochter dabei. Briefe, die nicht benötigt werden. Bei jedem der Termine ist ihr Ehemann unsichtbar mit anwesend.

„Mein Mann war eine wichtige Person. Er hat sich sein Leben lang für die Rechte der Menschen eingesetzt. Als sie ihn festnahmen, war ich schwanger. Er hat seine Tochter nie gesehen, aber er hatte schon den Namen Gelareh ausgesucht. Als sie ihn hingerichtet haben, konnten wir nicht mehr im Irak bleiben. Meine Tochter war erst einige Monate alt, als wir flüchteten."

Sie spricht immer nur wenig. Sie sitzt gerade auf dem Stuhl und presst ihre Tasche fest an sich. Fragen beantwortet sie meist mit dem Satz: „Ich weiß nicht, was ich sagen soll." Über sich selbst spricht sie nur im Zusammenhang mit ihrem Mann und ihrer Tochter.

„Wir waren erst fünf Monate verheiratet, als

sie ihn festnahmen. In dieser Zeit hat er sich meist mit seinen politischen Aktivitäten befasst und wir haben uns wenig gesehen. Ich kenne meinen Mann vor allem aus den Worten und Schilderungen von anderen Leuten. Wir sprachen kaum über uns. Der Kampf war für ihn wichtiger als alles andere. Ich war Lehrerin, habe unseren Lebensunterhalt verdient und mich gefreut, dass er mehr Zeit für seine Aufgaben hatte. Als er hingerichtet wurde, wurden die wenigen Erinnerungen zu meinem Lebensinhalt. Ich fürchtete, sie zu vergessen, deshalb habe ich immer mit ihnen gelebt. Ich habe sie mir ständig ins Gedächtnis gerufen, damit sie nicht vergehen. Manchmal habe ich vielleicht auch selbst etwas dazu erfunden."

Jedes Mal, wenn sie auf sich selbst zu sprechen kommt, ändert sich ihr Gesichtsausdruck. Es ist, als ob sie eine Maske aufgesetzt hätte. Ihr Gesicht wird ruhig, aber es dauert nicht lange und es sieht aus wie immer. Mit all der Traurigkeit, die darin eingemeißelt scheint.

„Als wir nach Deutschland kamen, habe ich nur für meine Tochter gelebt. Mein eigenes Leben war zu Ende. Ich wollte meine Tochter so erziehen, wie es ihr Vater gewollt hätte. Ich wünschte, dass auch sie den Idealen ihres Vaters folgte und sie stolz auf ihn wäre. Ihr Vater war ein bekannter

Mann und meine Landsleute wollten, dass meine Tochter den Weg ihres Vaters weitergeht. Glauben Sie mir, als Witwe eines ermordeten Helden zu leben, ist nicht einfach."

Im Büro des Jugendamtes nimmt Gelareh ihren Koffer, während das Weinen ihrer Mutter heftiger wird. Die Tochter umarmt sie und geht ohne ein Wort. Die Mutter sackt in sich zusammen. Sie setzt sich und sagt: „Jetzt kann ich aus vollem Herzen weinen."

...

Im Jugendwohnheim führt eine Frau Gelareh in ein Zimmer und erklärt ihr, dass sie für einige Wochen mit einem anderen Mädchen zusammenwohnen muss, bis ein Zimmer für sie frei wird.

Marina öffnet die Tür und empfängt freundlich ihre neue Mitbewohnerin. Im Zimmer ist ein Foto von Adele an die Wand geklebt und Gelareh sagt sofort: „Toll, diese Sängerin mag ich auch." Auf dem Tisch neben Marinas Bett steht das Foto einer blonden, stark geschminkten Frau in einem Spitzenkleid. Gelareh öffnet ihren Koffer und pinnt mit Reißzwecken das Schwarzweißfoto eines Mannes mit einem dichten Schnauzbart an die Wand.

Russischer Wodka, französischer Wein

Obwohl man die Tür mit etwas Druck öffnen konnte, klingelte Herr Ahmadi dieses Mal. Er stützte die Hände auf seinen dunkelbraunen hölzernen Stock, dessen Griff vom Gebrauch etwas heller geworden war, trat von einem Bein aufs andere, blieb dann stehen und wartete. Die deutsche Sekretärin des Beratungszentrums für Ausländer stand von ihrem Tisch auf und öffnete murrend die Tür. Lächelnd sagte sie zu Herrn Ahmadi, dass die Tür immer offen sei und legte die Betonung auf „immer". Herr Ahmadi war groß gewachsen, mit breiten Schultern und einem kräftigem Brustkorb. Er hatte ein volles Gesicht, einen üppigen, grauen Schnauzbart und dichte weiße Haare, die sich im Nacken kringelten. Er trug einen grauen Anzug, dazu eine nachlässig gebundene, schmale karierte Krawatte, deren unteres Ende unter dem oberen hervorschaute.

Er wünschte der Sekretärin einen guten Tag und wartete darauf, dass sie in ihr Zimmer zurückkehrte. Als sie die Tür geschlossen hatte, beschleunigte Herr Ahmadi seine Schritte, er ging durch den Hausflur in den mit Blumen bepflanzten Hof und stieg die vier Treppen im gegenüberliegenden Gebäude hoch. Mit der Spitze seines Stocks öffnete er die Tür und betrat den Raum.

Es war ein großes Zimmer, in dem sich drei viereckige Holztische mit Stühlen befanden und in dessen Ecke eine kleine Küchenzeile die Möglichkeit zur Tee- und Kaffeezubereitung bot. Mitten im Raum saßen drei ältere Männer und spielten Schach. Als Herr Ahmadi eintrat, grüßten sie ihn. In der Ecke am Fenster saß an einem anderen Tisch Herr Sarhangzadeh mit schütteren, weißen Haaren, glattrasiertem Gesicht und einem dünnen Schnurrbart. Vor ihm stand die Schachtel mit dem Backgammonspiel. Er trug einen gepflegten Anzug, dazu ein weißes, gebügeltes Hemd und um den Hals ein Seidentuch. Seinen Stock hatte er an den Tisch gelehnt. Als Herr Ahmadi hereinkam, warf er ihm durch seine Brille einen Blick zu und sagte etwas, das niemand richtig verstand. Herr Ahmadi setzte sich auf den Stuhl ihm gegenüber, zog sofort das Spielbrett zu sich heran und sagte: „Du bist heute schon früh da, mein Prinz." Herr Sarhangzadeh erwiderte ohne den Kopf zu heben: „Wir sind schließlich nicht mit der Weltrevolution beschäftigt, um die Leute von oben herab ins Unglück zu stürzen." Herr Ahmadi grinste hämisch, öffnete den Knopf seiner Jacke und während er die Spielsteine nebeneinander aufstellte, entgegnete er: „Ja, ihr habt 2500 Jahre lang aufgebaut und wir haben alles kaputtgemacht. Bravo!" Herr Sarhangzadeh biss sich auf die Lippen, lockerte sein Halstuch und sagte dann: „Was auch immer wir waren, unser Vaterland haben wir jedenfalls nicht verkauft."

Die Feindseligkeiten zwischen Herrn Ahmadi und Herrn Sarhangzadeh reichten 25 Jahre zurück. Sie waren etwa zur gleichen Zeit nach Deutschland gekommen und lernten sich im Flüchtlingslager einer kleinen Ortschaft kennen. Herr Sarhangzadeh lebte dort mit seiner Frau und seinem halbwüchsigen Sohn und Herr Ahmadi war allein. Die gemeinsame Sprache brachte sie einander sehr schnell nahe, aber die Freundschaft dauerte nur einige Wochen. Als sie von ihren politischen Einstellungen erfuhren, begannen sie hitzige Diskussionen zu führen. Es kam meist zu heftigen Wortgefechten und sie gingen im Zorn auseinander. Aber aus Einsamkeit und wegen der Behördenangelegenheiten, mit denen sie sich nicht auskannten, sprachen sie wieder miteinander. Bis Herr Sarhangzadeh eines Tages eine politische Zeitschrift von Herrn Ahmadi zerriss, die der Briefträger irrtümlich in seinen Briefkasten geworfen hatte. Von dem Tage an sprachen sie kein Wort mehr miteinander. Nicht einmal die Hinrichtung des Onkels von Herrn Sarhangzadeh und einiger Freunde von Herrn Ahmadi brachte sie wieder zusammen.

Frau Sarhangzadeh litt unter der Situation und manchmal brachte sie Herrn Ahmadi einen Teller mit Essen, von dem sie wusste, dass er es mochte und sagte: „Zum Teufel mit der Politik! Sie hat alle zu Feinden gemacht." Herr Ahmadi wiederum kaufte im einzigen Supermarkt des Ortes Schokolade für Kurosch, den Sohn von Herrn Sarhangzadeh, und steckte sie ihm im Flur der Unterkunft heimlich zu.

Als sie einige Monate später in andere Orte umgesiedelt wurden, hörten sie nichts mehr voneinander. Bis sie sich 25 Jahre später in einer Gruppe von Erwachsenen wiederfanden, die sich einmal pro Woche traf, um ihrer Einsamkeit zu entrinnen. Die Frau von Herrn Sarhangzadeh war vor einigen Jahren verstorben und sein Sohn Kurosch lebte in Amerika. Die Familie von Herrn Ahmadi war in Iran und Kanada.

Alle Bemühungen von Hans, dem Betreuer der Gruppe, einen freundschaftlicheren Umgang zwischen den beiden Herren herzustellen, waren vergeblich und er glaubte, dass alte iranische Männer mit ihrem Starrsinn zu den schlimmsten in der Welt gehören.

Die Begeisterung von Herrn Ahmadi und Herrn Sarhangzadeh für das Backgammonspiel und die Tatsache, dass sie sich insgeheim für gute Rivalen hielten, brachte sie dort an einen Tisch. Der Wunsch nach einer Rückkehr in den Iran hatte sie in all den Jahren von der realen Welt entrückt und vielleicht war das auch ein unsichtbares Band zwischen ihnen. In der Gruppe beschränkten sich ihre Gespräche auf gegenseitige politische Spötteleien. Sogar ihre Sticheleien während des Spiels waren ungewöhnlich, sie kommentierten den Spielverlauf stets mit politischen Anspielungen.

Eines Tages, als Herr Ahmadi wie gewöhnlich später zur Gruppe kam, war der Platz von Herr Sarhangzadeh leer. Er schaute sich um, goss sich einen Tee ein und drehte verunsichert einige Runden im Raum, bis er sich schließlich auf seinen Stammplatz setzte. Hans wusste, wonach er suchte, aber er sagte nichts. Er wollte warten, bis er gefragt wurde. Eine halbe Stunde später war die Geduld von Herrn Ahmadi zu Ende, er nahm seinen Stock um zu gehen. Hans sprach ihn an: „Vermissen Sie Ihren Freund?" Herr Ahmadi verstand den deutschen Satz nicht richtig, es genügte nur, das Wort „Freund" zu hören, um ihn durcheinander zu bringen. Hans holte aus seiner Jackentasche eine Adresse und indem er auf sein Knie zeigte, gab er Herrn Ahmadi zu verstehen, dass Herr Sarhangzadeh, den er nur kurz Sarhang nannte, im Krankenhaus sei und am Knie operiert wurde.

Herr Ahmadi zerknüllte das Papier, nahm seinen Stock und ging hinaus. Im Hof steckte er den Zettel in seine Tasche.

Zwei Tage später, an einem sonnigen Maitag, zog Herr Ahmadi, nachdem er sein selbst zubereitetes Mittagessen verzehrt und dazu einen Wodka getrunken hatte, seinen Anzug an und putzte mit einem Tuch seinen Stock. In einem Supermarkt, in dem es günstig Blumen zu kaufen gab, besorgte er ein paar Stiele und machte sich auf den Weg ins Krankenhaus, dessen Adresse er auf dem zerknüllten Zettel fand.

Es handelte sich um die große Universitätsklinik. Seine fehlenden Sprachkenntnisse erschwerten die Sache. Nach langem Herumsuchen fand er schließlich Herrn Sarhangzadeh in einem Zweibettzimmer.

Bevor Herr Ahmadi das Zimmer betrat, drückte er sein Kreuz durch und schon mit der Klinke in der Hand zögerte er kurz, holte tief Luft und trat dann ein.

Herr Sarhangzadeh war rasiert und trug einen sauberen, ordentlichen Pyjama, sein eingegipstes Bein hatte er auf einem Kissen gelagert. Neben seinem Bett lag eine Schachtel Pralinen und in einer Vase stand ein Blumenstrauß. Beim Anblick von Herrn Ahmadi, der unentschlossen in der Tür verharrte, hob er seinen Kopf und schob seine Brille herunter, um besser darüber hinweg schauen zu können. Er stützte sich auf seine Ellbogen, um sich aufzurichten, kaute auf seinen Lippen und starrte Herrn Ahmadi an.

Ohne zu grüßen sagte Herr Ahmadi: „Gott behüte!" Herr Sarhangzadeh wusste nicht, was er antworten sollte, schaute ein wenig verwirrt und fragte: „Wie hast du mich hier gefunden?" Herr Ahmadi wurde verlegen. Sein volles Gesicht wurde rot und auf seiner Stirn bildeten sich Schweißtropfen. Er dachte: „Wäre ich bloß nicht gekommen." Dann sagte er laut: „Gut, dann gehe ich wieder." Halb aufgerichtet in seinem Bett erwiderte Herr Sarhangzadeh: „Nein, bitte, du bist doch zum Krankenbesuch gekommen."

Herr Ahmadi setzte sich mit den Blumen in der Hand auf einen Stuhl neben dem Bett und hielt sie sich vors Gesicht. Herr Sarhangzadeh, der sein Gesicht nicht sehen konnte, fragte: „Warum hältst du die Blumen wie Frischverheiratete? Wenn du sie für mich mitgebracht hast, stell sie in eine Vase." Er zeigte auf die Fensterbank neben dem anderen Bett. Herr Ahmadi stand auf, nahm die Vase, füllte sie am Waschbecken mit Wasser, dann öffnete er raschelnd die Folie und fragte „Wo haben sie dich denn nun operiert?" Herr Sarhangzadeh legte seinen Kopf wieder aufs Kissen, schaute zur Decke und sagte: „Das Gehirn haben sie operiert. Siehst du nicht, dass mein Bein eingegipst ist?" Herr Ahmadi grinste hämisch und sagte bissig: „Gut, dass du es gesagt hast. Da du ja kein Mensch bist, hätte es gut sein können, dass du an einer anderen Stelle Beschwerden hattest und sie deshalb dein Bein eingegipst haben." Sie schwiegen eine Weile. Wortlos bot Herr Sarhangzadeh Herrn Ahmadi von den Pralinen an und ebenfalls ohne ein Wort nahm dieser eine und aß sie auf.

Dann holte Herr Sarhangzade aus der Schublade neben seinem Bett das Backgammonbrett und fragte: „Spielen wir eine Partie? Ich bin schon ganz krank, ich halte es hier nicht mehr aus."

Herr Ahmadi rückte seinen Stuhl näher ans Bett. In dem Moment klingelte Herrn Sarhangzadehs Telefon und mit freudiger Stimme rief er: „Kurosch, bist du's?"

Herr Ahmadi war eifersüchtig auf die warmherzige, frohe Stimme von Herrn Sarhangzadeh. Wehmütig fühlte er einen Kloß im Hals. Er verließ das Zimmer, ging durch den langen Krankenhausflur und starrte am anderen Ende aus einem Fenster, das wie eine Gefängniszelle vergittert war, auf die hohen Gebäude gegenüber. Er sehnte sich nach seinem Sohn Ruzbeh. Sein Sohn, zu dem er seit Jahren keinen Kontakt mehr hatte.

Damals, als Ruzbeh ihn mit seiner Mutter im Gefängnis besuchte, war dessen Blick leer, als ob es für ihn keinen Unterschied zwischen seinem Vater und den anderen Gefangenen gab. Man wollte ihn dazu bringen, diesen Mann zu lieben, den er nie anders als hinter Gefängnisgittern gesehen hatte. Liebe und Zuneigung, die auch später außerhalb des Gefängnisses nicht entstanden ist. Zwischen ihnen war eine hohe innere Mauer.

In all den Jahren des unsteten Lebens und der Gefangenschaft hatte er sich nur um seine Angelegenheiten gekümmert. Die Zeit der Kindheit seines Sohnes hatte er im Gefängnis und unter finanziellem Druck verbracht. Als er nach acht Jahren Gefangenschaft frei kam, dachte seine Familie, dass er seine Lehren daraus ziehen, aufgeben und jetzt all die Versäumnisse ihnen gegenüber nachholen würde. Aber je tiefer er in der politischen Arbeit versank, desto weiter entfernte er sich. Nachdem er gezwungen war, Iran zu verlassen, dachte er jahrelang, dass sie nachkämen. Für seine Umgebung erfand er verschiedene Geschichten über die Beziehung zu seiner Familie.

Im Ausland war die Politik nicht nur ein Teil des Lebens, sondern das gesamte Leben von Herrn Ahmadi geworden. Was richtig oder falsch war, darüber dachte er nicht nach. Er fürchtete, dass das, was draußen zusammengebrochen war, auch in seinem Innern zerbrechen würde und er wusste, dass dann für ihn alles vorbei wäre.

Durch einen Lautsprecheraufruf nach einem Arzt wurde Herr Ahmadi aus seinen Gedanken gerissen. Er wusste nicht, wie lange er dort gestanden hatte. Mit einem Taschentuch wischte er sich die feuchten Augen ab und kehrte ins Zimmer zurück. Herr Sarhangzadeh hatte sein Telefonat beendet und sagte lächelnd: „Wo warst du, sind deinen Augen ein paar hübsche deutsche Frauen untergekommen und du bist ihnen nachgelaufen?" Mit einem erzwungenen Lächeln wischte Herr Ahmadi die Spuren seiner Traurigkeit und Tränen beiseite: „Wenigstens habe ich Beine, um ihnen nachzulaufen, du kannst nicht mal deine Hose hochziehen." Herr Sarhangzadeh rutschte mühevoll im Bett umher, seine Hand fasste den Haltegriff über seinem Kopf, dann setzte er sich gerade hin und sagte: „Ich will meinen Morgenmantel anziehen, reich ihn mir doch mal her. Herr Ahmadi ging zum Schrank und brummte: „Lässt du nicht einmal hier von deinem eitlen Getue ab? Hier ist doch niemand." Herr Sarhangzadeh murmelte vor sich hin: „Lass mich, ich möchte dir Respekt erweisen und ordentlich angezogen spielen."

Während Herr Ahmadi die Steine aufstellte, sagte Herr Sarhangzadeh: „Ahmadi, hier in dem Krankenhaus in der Fremde meint man, dass man von hübschen deutschen Krankenschwestern mit blonden Haaren und blauen Augen umsorgt wird, stattdessen kommt da eine schlechtgelaunte schlitzäugige Koreanerin. Niemand hilft einem. Wenn sie mich entlassen, wird es schwierig für mich. Kurosch hat auch gesagt, dass er nicht herkommen kann. In der Fremde helfen einem alle Königsdynastien nichts." Herr Ahmadi erwiderte: „Die Kinder haben genug unter unserem unsteten Leben gelitten. Du begehst nur wieder einen Fehler." Herr Sarhangzadeh erwiderte angriffslustig: „Widersprichst du schon wieder? Wie ist es denn? Nützt vielleicht der Sozialismus den Menschen, so wie er in der Realität existiert?" Als Herr Ahmadi mit dem Aufstellen der Steine fertig war, setzte er sich gerade hin und schwieg. Er fixierte Herrn Sarhangzadeh mit seinem Blick und sagte dann: „Ein guter Freund, ein guter Kumpel steht einem bei." Herr Sarhangzadeh murmelte: „Wo soll ich so einen finden?" Herr Ahmadi, immer noch Herrn Sarhangzadeh in die Augen schauend, erwiderte: „Hab ich nicht gesagt, dass du auch noch blind bist? Siehst du nicht, wie ich in voller Größe vor dir stehe?" Mit erstaunten Augen schaut Herr Sarhangzadeh über den Rand seiner Brille hinweg und sagte: „Du und ich, wir waren uns spinnefeind. Wir hatten keine Augen, einander wirklich zu sehen. Wir haben nicht einmal miteinander gesprochen …" Herr Ahmadi unterbrach ihn, legte seine Hand auf die Hand von Herrn Sarhangzadeh, in deren dunkel hervortretender Ader eine Nadel steckte und sagte: „Nicht nur, dass wir nichts erreicht haben, wir haben auch noch uns und unsere Freundschaft der Politik geopfert. Die Hälfte unserer Freunde hat man umgebracht, den Rest haben wir selbst kaputtgemacht. Jetzt sind wir übrig geblieben, ganz allein in der Fremde. Lass uns wenigstens den Rest nicht zerstören." Als er geendet hatte, kamen ihm die Tränen. Und auch Herr Sarhangzadeh wischte sich mit dem Kragen seines Morgenmantels Tränen aus den Augen und sagte: „Das ist nun dein Krankenbesuch, wir haben Tränen vergossen wie bei den Geschichten über den Märtyrertod von Imam Hossein."

Ihr Backgammonspiel verlief diesmal etwas anders, mit den üblichen Sticheleien, aber ohne Anspielungen auf die Politik. Sie spielten fünf Runden, bis Herr Ahmadi schließlich gewonnen hatte. Als man das Abendessen für Herrn Sarhangzadeh brachte, stand Herr Ahmadi auf um zu gehen. An der Tür sagte er: „Wenn sie dich entlassen, kommst du zu mir. Als erstes heben wir mal richtig einen. Ich bin es leid, alleine zu trinken." Darauf Herr Sarhangzadeh: „Ich trinke auch ganz gerne mal einen. Willst du mir etwa russischen Wodka einschenken?" Herr Ahmadi, noch immer mit der Klinke in der Hand, erwiderte: „Nein, mein Lieber, ich persönlich werde für dich französischen Wein auftreiben, dessen Reben schon Kyros der Große angebaut hat." Dann fügte er hinzu: „Übe heute Abend ein wenig, damit du besser spielst, wenn ich morgen komme. Heute habe ich Rücksicht auf dich genommen,

weil du krank bist." Als die Tür zu war, spießte
Herr Sarhangzadeh mit seiner Gabel ein Stück
Schinken auf, schüttelte den Kopf und seufzte:
„O Schicksal!" Dann schob er sich den Schinken
in den Mund und stellte fest, dass er ihm heute Abend besonders gut schmeckte und wusste
nicht, ob er dazu französischen Wein oder russischen Wodka trinken möchte.

Ein wahrer Künstler

Er war großgewachsen, hatte lockige, schwarze Haare, ein dunkles Gesicht, kleine Augen und schmale Lippen. Bekleidet war er mit einer schwarzen Lederjacke, darunter trug er einen gelben Pullover und dazu Bluejeans. Als er mit einem freundlichen Lächeln eintrat, verbreitete sich der Duft seines Kölnisch Wassers im ganzen Zimmer.

Er streckte seine Hand zum Gruß aus und stellte sich als Abdi vor. Ich nannte seinen Familiennamen, aber er sagte: „Abdi genügt." Ich wies darauf hin, dass ich ihn auf jeden Fall mit seinem Nachnamen ansprechen werde. Er setzte sich auf den Rand des Sessels und fragte mich in vertraulichem Tonfall nach meinem Befinden. Dann rieb er sich die Hände und sagte, dass wir beginnen könnten.

Ich erklärte ihm, dass unser heutiger Termin der Beantwortung von Fragen diene. Auf dieser Grundlage solle dann festgestellt werden, ob er psychische Probleme habe, die durch seine Lebensbedingungen in der Vergangenheit verursacht wurden. Ich wollte weitere Erläuterungen geben, als er mich anstarrte und mit Bestimmtheit sagte: „Ich weiß!" Mir kam in den Sinn zu fragen, woher er das wisse, aber ich dachte: „Auch gut, dann muss ich nicht so viel reden."

Als ich Papier und Stift nahm, reckte er seinen Oberkörper nach vorn und sah aus, als wolle er an einem Wettbewerb teilnehmen.

Die Fragen bezogen sich auf sein Befinden und seine Gefühle in der letzten Zeit und ich betonte, dass er den Fragen aufmerksam folgen und diese geduldig beantworten solle. Er sagte: „Ja, ich weiß selbst Bescheid." Es brauchte nicht viel Gespür zu bemerken, dass er mich auf den Arm nehmen wollte. Ich holte tief Luft und setzte mich im Sessel etwas weiter zurück, um von seinem Blick, der unverwandt auf mein Gesicht gerichtet war, Abstand zu gewinnen.

Seine Aufgeweckttheit und gute Stimmung erinnerten an alles Mögliche, aber nicht an jemanden, der ernsthafte psychische Probleme hat. Ich erklärte noch einmal: „Sie wissen, dass dies die einzig noch verbliebene Möglichkeit für Sie ist, eine Aufenthaltsgenehmigung zu erhalten. Wenn nachgewiesen werden kann, dass die von Ihnen vorgebrachte Depression sich aus Ihren Lebensumständen in Iran ergeben hat, lässt sich vielleicht etwas machen." Wieder sagte er: „Ja, ich weiß. Mir reicht's, diese Gottlosen glauben einfach nicht, dass ich Probleme habe, jetzt sehen Sie zu, was Sie machen können." Ich war genervt, weil er mir den schwarzen Peter zuschob und die Verantwortung für sein Schicksal aufhalste. Ich holte noch einmal tief Luft: „Gut, beginnen wir."

Wieder rieb er sich die Hände. Ich fragte: „Haben Sie sich in den letzten Tagen niedergeschlagen gefühlt? War Ihnen zum Beispiel nach Weinen zumute?" Er rutschte auf seinem Platz hin und her, reckte seinen Kopf wieder nach vorn wie jemand, der einen aufregenden Sportwettkampf verfolgt, und sagte: „Ja, hundert Mal. Ich stehe morgens auf und weine. Mir tun schon die Augen weh vom vielen Weinen." Ich machte eine Notiz und fragte: „Leiden Sie an Appetitlosigkeit?" Er schluckte und antwortete: „Ja, ich kann seit langem nicht richtig essen, ich bekomme kaum einen Bissen hinunter." Ich schaute in sein vergnügtes Gesicht und seine blitzenden Augen und dachte, wenn doch alle Menschen, die keinen Appetit haben, so munter aussähen. Die nächste Frage stellte ich vorsichtig: „Haben Sie schon einmal an Selbstmord gedacht?" Er starrte mir in die Augen um zu beobachten, wie ich auf seine Antwort reagieren würde. „Ich habe mich schon mehrmals umgebracht." Erstaunt und in strengem Tonfall entgegnete ich: „Sie haben sich umgebracht?" Auch er warf mir einen verwunderten, unzufriedenen Blick zu: „Ich meinte die Vorbereitungen zum Selbstmord, aber leider hat man mich gerettet." Er schaute verdrossen, wendete den Kopf zur Seite, und es war nicht klar, ob er sich über mich ärgerte oder über die Leute, die ihn retteten.

Ich las Fragen vor, und er übertrieb in seinen Antworten maßlos, bis ich zu dem Punkt kam, ob sein sexuelles Verlangen in den letzten Wochen abgenommen habe. Er nötigte mich, die Frage zu wiederholen, dann setzte er sich bequemer hin, lehnte sich an, ließ seine Blicke umherschweifen und antwortete: „Nein, das hat sich nicht geändert, nein, überhaupt nicht, glücklicherweise." Ich hatte keinen Zweifel, dass er mich an der Nase herumführen wollte. Ich holte tief Luft und mir fiel der persische Dichter Saadi ein, der offenbar nicht wusste, dass ein Atemzug nicht nur das Wesen erfreut, sondern auch eine Möglichkeit ist, einen lauten Aufschrei zu verhindern.

Einige Tage später erklärte ich ihm bei einem erneuten Treffen, dass ihm das Ergebnis der Befragung in seiner Angelegenheit nicht weitergeholfen habe. Ohne Wenn und Aber akzeptierte er das und fragte: „Gut, wenn ich heirate, wie sieht es dann aus?" Ich erklärte ihm in aller Ausführlichkeit alle Optionen und möglichen Probleme, woraufhin er wieder sagte: „Ich weiß."

Einige Monate hörte ich nichts von ihm, bis er mit Claudia kam, einer jungen Deutschen, groß, mit langen braunen Haaren und Augen, deren Farbe man nicht richtig erkennen konnte, es war eine Mischung aus grün, blau und grau. Sie hatte volle Lippen und ein längliches, schön geschnittenes Gesicht. Claudia trug eine grüne Leinenhose zu einer dünnen Bluse, die die Rundungen ihrer Figur zeigte. Über der Schulter hatte sie eine große Ledertasche, ihr Lachen war gewinnend und ihre Bewegungen waren harmonisch.

Claudia setzte sich entspannt hin und kam direkt zur Sache. „Ich bin Schauspielerin am Theater und habe Abdi vor einiger Zeit kennengelernt. Jetzt wollen wir heiraten. Ich hätte dazu einige Fragen an Sie." Abdi trug ein weißes weites Hemd, das am Kragen und an den weiten Ärmeln bestickt war, dazu eine kräftig blaue Leinenhose vom gleichen Schnitt wie Claudias Hose. Seine

Haare waren länger als beim letzten Mal und obwohl es bewölkt war, hatte er eine Sonnenbrille in die Haare geschoben. Dazu trug er Sandalen. Abdi hatte ein breites Siegerlächeln im Gesicht, er stellte einen Stuhl dicht neben Claudias Sessel, setzte sich und wandte seinen Blick nicht von ihr ab.

Claudia erklärte, dass sie ein Theaterstück aufführen möchte, aber kein Geld habe. Abdi habe Schwierigkeiten mit seiner Aufenthaltsgenehmigung, deshalb würden mit der Heirat die Probleme von beiden gelöst. Ich erläuterte alles auf Deutsch in der Hoffnung, dass Abdi nicht wieder sagte: „Ich weiß." Aber dieses Mal sagte er den Satz auf Deutsch. Beim Weggehen hielt er Claudia die Tür auf, dabei schaute er zu mir, runzelte die Augenbrauen und erklärte: „Seien Sie unbesorgt, es wird klappen." Als Antwort holte ich tief Luft und setzte mich wieder auf meinen Platz.

Am Tag der Hochzeit trug Abdi einen gutsitzenden blauen Anzug, dazu ein weißes Hemd und eine orangefarbene Fliege. Er hatte auch Claudia zu einem weißen Kleid überredet. Alle seine Freunde hatte er eingeladen, an der Eheschließung teilzunehmen. Zwei von ihnen hatte er zum Fotografieren und Filmen verpflichtet und die genervte Claudia dazu gebracht, sich mit ihm und seinen Freunden in verschiedenen Posen fotografieren zu lassen. Eine kleine Musikgruppe hatte er auch eingeladen, die aufspielen sollte, wenn sie das Standesamt verlassen.

Die unablässigen Gratulationen der Freunde Abdis, dass er solch eine hübsche Künstlerin gefunden hatte, erweckten in ihm ein Glücksgefühl. Abdi wurde durch den teuren Champagner, den seine Freunde mitgebracht hatten, so vom Glück beseelt, dass er die Geschichte seiner Heirat selbst vollkommen vergessen hatte. Nach der Zeremonie gingen alle in das Restaurant, in dem er arbeitete. Als ihm Claudia ein paar Stunden später mitteilte, dass sie zu sich nach Hause gehen wolle, warf er ihr einen schmachtenden Blick zu und erwiderte, dass man am Hochzeitstag doch nicht allein nach Hause gehe. Daraufhin zog sie ihn in eine Ecke, warf ihm ihren Brautstrauß ins Gesicht und ging. So musste Abdi seinen Freunden sagen, dass seine Braut von der vielen Aufregung Kopfschmerzen bekommen habe und deshalb schon nach Hause gegangen sei, aber er mit ihnen weiterfeiern wolle. Als Abdi spät in der Nacht nach Hause kam, konnte er in seinem Rausch nur sein Jackett ausziehen und schlief mit der orangefarbenen Fliege auf dem Sofa seines Wohnzimmers ein.

Die arrangierte Ehe Abdis mit Claudia krempelte sein Leben völlig um. Er änderte seinen Kleidungsstil, seine Frisur und auch sein Verhalten. Er lernte die deutsche Umgangssprache, sprach schnell und falsch, aber da er erreichte, was er wollte, hatte er keine Schwierigkeiten bei seinen Kontakten mit den Deutschen. Die meiste Zeit verbrachte er mit seinen deutschen Freunden, die er durch Claudia kennengelernt hatte. Mit seinen iranischen Freunden verabredete er sich meist im Café ihres Theaters und führte mit ihnen künstlerische Diskussionen, die sie langweilten. Aber Abdi betonte immer wieder, wenn auch sie mit deutschen Künstlerkreisen aus seinem Umfeld in Kontakt kämen, würde sich ihr Leben von Grund auf ändern. Manchmal, wenn selbst Abdi seiner Rolle als Kunstfreund überdrüssig wurde, lud er seine Freunde zu sich nach Hause ein. Er hatte allen erzählt, dass in einer modernen Künstlerehe Mann und Frau getrennt voneinander leben.

Die Dekoration in Abdis Wohnung hatte sich nach der Heirat ebenfalls geändert. Anstelle eines Fotos des iranischen Popsängers Ebi hatte er ein Bild von Bertolt Brecht aufgehängt und an anderer Stelle ein Foto von Marlon Brando aus dem Film „Der Pate", auf dem er eine Katze auf dem Arm hält. In einer Ecke des Zimmers stand ein

Bücherschrank mit ein paar deutschen Titeln und er erzählte allen, dass man die Bücher im Original lesen müsse. Vor allem aber gab es überall in der Wohnung Fotos von Claudia.

Seit Abdi für seinen Lebensunterhalt und die Zahlungen an Claudia in einem Restaurant arbeitete, hatte er gelernt, gut zu kochen. Wenn er seine Freunde einlud, kochte er etwas Leckeres für sie, stellte einen Wodka ins Gefrierfach und dann spielten sie bis in die Nacht Backgammon und Karten und am Ende sang Abdi auf Wunsch seiner Freunde traurige persische Lieder.

Alles ging gut, bis Abdis Mutter beschloss, nach Deutschland zu kommen, um ihren Sohn und seine Frau zu besuchen. Claudia, die noch nicht wusste, was sie erwartete, half Abdi beim Verfassen des Einladungsschreibens. Unter dem Vorwand, dass er selbst kein Auto besaß, ließ er sich von ihr zum Flughafen bringen. Die warmherzige Art von Abdis Mutter und verschiedene Geschenke, die ihr diese aus Iran mitgebracht hatte, hielten Claudia ein paar Stunden in seiner Wohnung fest. Als sie schließlich am Abend nach Hause gehen wollte, war die Mutter besorgt, ob es ihretwegen sei. Sie fand es nicht in Ordnung, wenn Ehegatten getrennt voneinander schlafen.

Als Abdi am nächsten Tag nach einem Vorwand suchte, Claudia wieder in seine Wohnung zu locken, erfuhr er, dass sie beabsichtigte, mit ihrem Freund, der in einer anderen Stadt lebte, zwei Wochen zu verreisen. Zum ersten Mal wusste Abdi überhaupt nicht, was er tun sollte und konnte ihr nichts entgegenhalten. Allein als Claudias ihm auf seine Bitte dazubleiben, weil er nicht wisse, was er seiner Mutter sagen solle, antwortete: „Sag' einfach, deine Frau ist gestorben", schlug es wie ein Blitz in Abdis Gedanken ein. Er erzählte seiner Mutter, dass Claudias Mutter im Ausland verstorben sei und sie zu den Trauerfeierlichkeiten reisen müsse und, weil Claudia das einzige Kind ist, müsse sie eine Zeit lang bleiben und sich um ihren Vater kümmern.

Die Mutter war über die Situation sehr bedrückt und sah sich selbst als unheilbringend an. Sie bestand gegenüber Abdi darauf, dass er mitfahren solle, die Verstorbene sei schließlich seine Schwiegermutter gewesen und es sei nicht in Ordnung, der Trauerfeier fernzubleiben. Sie schlug sogar vor, gemeinsam hinzufahren. Die Freunde Abdis, die durch die Mutter von der Geschichte erfahren hatten, kamen, um ihr Beileid auszusprechen und bedauerten, dass Abdi nicht an der Trauerfeier teilnehmen konnte. Da die Mutter und seine Freunde ein Foto von der Verstorbenen sehen wollten, sah sich Abdi genötigt, ins Theater zu gehen und einen Mitarbeiter um das Foto einer älteren Schauspielerin zu bitten, dieses zu rahmen und in seinem Zimmer aufzustellen.

Als Claudia zwei Wochen später von der Reise zurückkehrte, ging sie zu Abdi, um ihm einige amtliche Briefe zu bringen. Bei ihrem Anblick warf sich Abdis Mutter in ihre Arme, begann zu weinen und sprach vom Glück, eine Mutter zu haben, und dem Unglück, sie zu verlieren. Die verwirrte Claudia fragte mehrmals, was passiert sei, und der von der Situation völlig überforderte Abdi, dem es immer schwerfiel, Deutsch zu sprechen, wenn er aufgeregt war, erklärte etwas, was Claudia nicht verstand. Als sich Abdis Mutter beruhigt hatte, fiel Claudias Blick auf das gerahmte Foto mit dem Trauerflor. Sie schrie auf: „Was macht das Foto von Bettina hier? Ihr ist doch hoffentlich nichts passiert!" Sie blickte zwischen Abdi, seiner Mutter und dem Foto hin und her und er erklärte ihr die Sache in ein paar verstümmelten Sätzen.

Als sie die Geschichte hörte, traten ihr vor Lachen Tränen in die Augen. Seiner verwirrt dreinschauenden Mutter wiederum erklärte Abdi, dass Claudia immer lacht, wenn sie sehr erschüttert ist.

Die Mutter, der die entstandene Situation unangenehm war, beschloss daraufhin, früher als geplant nach Iran zurückzukehren.

Nach der Abreise seiner Mutter verhielt sich Abdi gegenüber Claudia eine Zeit lang gleichgültig, sie verstand nicht warum und es war ihr auch nicht wichtig. Sie zählte die letzten Monate bis zum Ende ihres Dreijahresvertrages mit Abdi. Am Tag, als sie zum Gericht gingen, um sich scheiden zu lassen, war Claudia froh und guter Dinge. Sie hatte beschlossen, mit ihrem Freund zusammenzuleben. Die ganze Scheidung dauerte weniger als eine halbe Stunde. Danach ging Claudia eilig zur Theaterprobe. Abdi ging nach Hause. Einige Stunden später wollten seine Freunde zu Besuch kommen.

Um 2 Uhr nachmittags öffnete Abdi eine Flasche Wodka und trank das meiste davon selbst. Seine Freunde, die nicht geglaubt hätten, dass sich Abdi und seine Frau trennen würden, gingen ihm mit ihren Fragen auf die Nerven. Sie äußerten verschiedene Ansichten, beispielsweise, dass die deutschen Frauen die Männer nur ausnutzen wollten. Sie hätten von Beginn an gewusst, dass Claudia Abdi benutzt, oder dass diese Künstler ganz und gar treulose Menschen seien und dann trösteten sie ihn damit, dass sie wenigstens kein Kind bekommen hätten.

Es dauerte eine Zeit, bis Abdi die Rolle des gebrochenen Ehemanns hinter sich gelassen hatte und sein früheres Leben wieder aufnahm. Aber in ihm hatte sich etwas verändert, und das war sein Interesse am Theaterspielen.

An einem Herbstabend des folgenden Jahres verbeugte sich Abdi Hand in Hand mit Claudia und einigen anderen Personen auf der Bühne des Theaters, um sich bei den vielen Zuschauern für den Beifall zu bedanken. Unter den Zuschauern applaudierten die Freunde Abdis stärker als alle anderen und ein paar Mal pfiffen sie auch dazu. Claudias Mann, der neben ihnen saß, sagte: „Claudia hat immer gesagt, dass er ein wahrer Künstler ist." Nachdem Abdi sich hinter der Bühne umgezogen hatte, ging er ins Theatercafé, setzte sich zu seinen Freunden an den Tisch, die mit einer Flasche Wodka auf ihn gewartet hatten und erhob das Glas auf Claudia, die an einem anderen Tisch saß.

Facebook

Als Herr und Frau Ezzati den Warteraum betreten, haben sie noch eine halbe Stunde Zeit bis zu ihrem Termin. Frau Ezzati geht abgewandt von ihrem Mann, damit alle sehen, dass sie ein Problem miteinander haben.

Der 70-jährige Herr Ezzati ist ein gutaussehender, hochgewachsener Mann. Er trägt einen gepflegten cremefarbenen Anzug, dazu um den Hals ein dunkelbraunes Wolltuch. Seinen hellgrauen Regenmantel hat er ordentlich über seinen linken Arm gelegt und in der anderen Hand hält er einen großen Regenschirm, den er wahrscheinlich gelegentlich auch als Stock benutzt. Zu seiner Ausstattung fehlt nur noch ein Hut und ich denke, er hat ihn bestimmt irgendwo vergessen. Unter seinem Arm klemmt die Londoner Ausgabe des „Kejhan".

Seine weißen Haare sind nach hinten gekämmt

und werden mit reichlich Pomade in Form ge-
halten. Der graumelierte Schnurrbart ist dünn,
sein Gesicht glatt rasiert. Er trägt eine Brille mit
einem dünnen Metallrahmen. Sein Äußeres und
das Auftreten von Herrn Ezzati vermitteln den
Eindruck, er habe 50 Jahre zuvor noch vor einer Stunde im Teheraner Café „Naderi", einem
bekannten Treffpunkt von Intellektuellen und
Schriftstellern, mit seinen Freunden einen Kaffee getrunken und sei nach langen Diskussionen
über die Kolonialpolitik in der Welt direkt hierhergekommen. Beim Gehen beobachtet er mit
gerunzelten Augenbrauen aufmerksam sein Umfeld. Sein Blick ist skeptisch, als ob er an jedem
und allem etwas auszusetzen hat oder den Menschen in seiner Umgebung zu verstehen geben
möchte, dass es nicht seine Entscheidung war,
hierher zu kommen.

Frau Ezzati ist schlank und mittelgroß, ihre
kurzen rötlichbraunen Haare sind gelockt und
sorgfältig frisiert. Eine Spange mit einem Stein
fasst die Haare auf der linken Seite zusammen.
Sie trägt eine gefällig geschnittene, schwarze Jacke mit einer weißen Bluse darunter und einen
schwarzweiß gestreiften Rock, der bis unter die
Knie reicht. Ihre schwarzen Lackschuhe haben
einen kleinen Absatz, dazu hat sie farblich passen-
de dünne Strümpfe an. Ihre eckige schwarzweiße

Tasche trägt sie wie die Damen in den sechziger Jahren und beim Hinsetzen stellt sie sie auf ihren Schoß. Ihr hageres Gesicht, aus dem sich noch ihre jugendliche Schönheit erahnen lässt, hat sie dezent geschminkt. Bei allen Problemen, die zwischen Herrn und Frau Ezzati bestehen mögen, ihr Äußeres harmoniert sehr miteinander.

Im Wartezimmer setzt sich Frau Ezzati auf einen Stuhl, wobei sie zwei Plätze Abstand zu ihrem Ehemann lässt. Sie wendet ihm den Rücken zu, umfasst fest den Henkel ihrer Tasche und starrt mit bekümmertem Blick auf die Landkarte gegenüber. Herr Ezzati setzt sich entspannt hin, schlägt die Beine übereinander, faltet seine Zeitung auseinander und blättert raschelnd die Seiten um. Die große Doppelseite der Zeitung hält er so vor sein Gesicht, dass man es kaum sehen kann. Der demonstrativen Platzwahl seiner Frau schenkt er keinerlei Beachtung.

Als ich nach einer halben Stunde ins Wartezimmer gehe, ist Herr Ezzati immer noch hinter seiner Zeitung verborgen. Ich schaue seine Frau an, die mich beim Aufstehen anblickt, und sage: „Frau Ezzati, bitte!" Ich habe den Satz noch nicht beendet, als sie mit einem Stöhnen erwidert: „Bei Gott, von der ‚Würde‘[1] ist mir nur noch der Name geblieben." Herr Ezzati lässt die Zeitung ein wenig sinken, sieht über seine Brille hinweg, lächelt

[1] "Ezzati" bedeutet „würdevoll, ehrbar, angesehen"

173

spöttisch und sagt an mich gewandt: „Noch dazu ist es m e i n Familienname!" Dann klappt er geräuschvoll seine Zeitung zu und lässt uns warten, bis er sie zusammengefaltet und in die Tasche seines Regenmantels gesteckt hat. Mit der Spitze seines Regenschirms gibt er uns zu verstehen, dass wir vorangehen sollen. Als Frau Ezzati, die von der spitzen Bemerkung ihres Mannes noch verletzt ist, ihm einen verärgerten Blick zuwirft und zu einer Erwiderung ansetzen will, wechsle ich das Thema, damit nicht noch der Streit um den Familiennamen in die dicke Akte ihrer Differenzen einfließt. Und was eignet sich dafür besser als das Wetter, das immer und überall den Menschen zu Hilfe kommt, die nicht wissen, worüber sie reden sollen oder ein anderes Thema suchen.

Als wir das Zimmer betreten, wählt Frau Ezzati, die schon einige Male hier war, ihren Sitzplatz wie zuvor im Warteraum, abgewandt von ihrem Mann. Bevor ich einen passenden Platz finde, um etwas Abstand zu den zweifelnden Blicken von Herrn Ezzati zu haben, beginnt sie mit zitternder Stimme: „Ich bin nicht mehr bereit, mit einem Mann zusammenzuleben, der mich fortwährend hintergeht. Dreißig Jahre haben wir gut miteinander gelebt, wir waren das Vorbild für die ganze Familie. Alle wollten so sein wie wir. Sie werden es nicht glauben, dreißig Jahre konnte ich nicht einschlafen, wenn ich nicht seine Hand hielt. Wir nannten uns immer nur ‚Liebling‘ oder ‚Schatz‘. Als wir hierher kamen, hat sich sein Verhalten auf einmal geändert. Die beiden letzten Jahre hat er nur Unruhe in unser Leben gebracht. Von früh bis spät sitzt er am Computer und über dieses verfluchte Facebook knüpft er Kontakte mit fremden Frauen.“ Herr Ezzati, der aufgehört hat, seine Umgebung zu mustern, hört den Worten seiner Frau gleichgültig zu, mit einem Ausdruck im Mundwinkel, aus dem man nicht erkennt, ob es ein hämisches Grinsen oder ein nervöses Zucken ist. Frau Ezzati, die durch den teilnahmslosen Blick ihres Mannes noch mehr in Rage gerät, herrscht ihn an: „Stimmt das etwa nicht? Warum sagst du nichts? Weil du nichts dazu sagen kannst, oder? Du weißt selbst, dass du Mist gebaut hast.“

Ihre immer höher werdende Stimme bricht plötzlich ab, als ob Frau Ezzati vor etwas zurückschreckt oder ihr etwas eingefallen ist. Abwartend schaut sie ihren Mann an, der unruhig auf seinem Stuhl hin und her rutscht. Er scheint nach passenden Worten zu suchen, dann murmelt er etwas, bewegt seinen Oberkörper und sagt schließlich: „Frau, pass auf, was du sagst!“ Ich habe eigentlich eine heftigere Reaktion von Herrn Ezzati vermutet und will schon sagen, dass ich nach seiner Unruhe mehr als diesen nichtssagenden Satz erwartet hätte. Herr Ezzati beruhigt sich schließlich, reckt den Kopf nach vorn und ich bemerke erst jetzt den Duft des Kölnisch Wassers, der mich an meinen Vater erinnert. Er schaut mich über den Rand seiner Brille an und sagt: „Frau ..., ihr werter Name ist mir entfallen." Ohne abzuwarten, dass ich meinen Namen nenne, fährt er fort: „Diese Frau, das heißt meine Ehefrau, behauptet, dass ich mit einem Dutzend Frauen, die sie alle aufgelistet hat, eine Beziehung habe. Bei Gott, wenn es so wäre, müsste man mir als Siebzigjährigem einen Preis verleihen." Seine Augen blitzen vor Bosheit und Niedertracht. Er schaut mir in die Augen und redet weiter: „Sagen Sie selbst, ist das nicht preisverdächtig?" Ich weiche seinem Blick aus, um nicht antworten zu müssen. Offensichtlich ist Herrn Ezzati der Vorwurf seiner Frau nicht unangenehm. Aus der Diskussion und seinen Bemerkungen wird deutlich, dass er ihre Vorwürfe in allen Einzelheiten herumerzählt. Vielleicht denkt er, wenn nur die Hälfte der Frauen von dieser Liste tatsächlich mit ihm in Verbindung gebracht wird, steigert dies sein Ansehen als Mann. Herr Ezzati fährt fort und bemüht sich um einen entschiedenen und schroffen Tonfall: „Dieses Facebook ist für sie wie eine Nebenfrau. Selbst hat sie nichts zu tun, die ganze Zeit kontrolliert sie mich nur. Sie versteht überhaupt nichts davon und redet immer nur Unsinn."

Ich wende mich Frau Ezzati zu, um ihre Reaktion zu sehen. Ich weiß nicht, wann sie ein Taschentuch hervorgeholt hat, um sich ein paar Tränen aus den Augen zu wischen. Das tut sie wohl, um vor allem die Aufmerksamkeit von Herrn Ezzati auf sich zu ziehen, aber der spricht weiter, ohne seine Frau zu beachten: „Ich habe hier nichts zu tun. Unser Leben ist doch armselig geworden. Was soll ich machen, ich habe in Iran meine Arbeit verloren und hier habe ich auch keine Beschäftigung. Also setze ich mich an den Computer und nutze meine Zeit. Es stimmt, ab und zu bin ich bei Facebook, dort erfährt man alles aus Iran, es gibt viele interessante Themen und Filme, die man anschauen kann. Ich erfahre etwas von den Familienmitgliedern, die überall in der Welt verstreut sind. Was ist das Problem dabei? So ist der Lauf der Zeit, das ist normal, man muss den technischen Fortschritt akzeptieren, die Welt hat sich verändert." Frau Ezzati lässt ihren Tränen freien Lauf, wendet sich mir zu, meint aber an ihren Mann gerichtet: „Seit wann interessierst du dich für Technik?! Drei Monate war die Glühbirne in unserem Zimmer durchgebrannt, du konntest sie nicht wechseln. Was auch immer es zu tun gibt, immer müssen wir andere um

Hilfe bitten. Wenn ich nicht da bin, bist du nicht in der Lage, den Herd anzuschalten und dir ein Spiegelei zu braten. ‚Technik, Technik' – du hast nur das Wort gelernt."

Halb im Stehen schaut Herr Ezzati sie an und sagt mit leiser Stimme, als ob er ein Geheimnis über seine Frau preisgeben möchte: „Und was machst du? Außer, dass du von morgens bis abends über die Leute herziehst? Du hast von nichts in der Welt eine Ahnung. Das Telefon legst du nicht aus der Hand. Ihr Frauen könnt doch nichts anderes!" Mit seinem letzten Satz stellt Herr Ezzati plötzlich auch meine Stärken als kontaktfreudige Frau in Frage und ich weise ihn darauf hin, dass ich dazu durchaus noch etwas zu sagen hätte. Er grinst und fragt: „Sind Sie Feministin?" Frau Ezzati ist wohl der Meinung, dass er mich damit beleidigt hat, denn schließlich stünden sie und ich auf einer Seite.

Und auftrumpfend sagt sie: „Jetzt sehen Sie, was für einen Unsinn er bei Facebook gelernt hat, wahrscheinlich antworten ihm auch solche Frauen, er schämt sich nicht einmal und bezeichnet Sie so." Ich bin genervt von Frau Ezzati. Als ihr Mann ansetzt, darauf zu antworten, sage ich erschöpft, aber entschieden: „Kommen wir zum Thema zurück." Frau Ezzati, für die Facebook das alleinige Thema ist, lässt sich nicht abbringen: „Wissen Sie, unter welchem Namen er bei Facebook angemeldet ist? Soll ich es sagen?" Sie wendet sich ihrem Mann zu und er sagt: „Dann sag es doch. Als ob ich Angst davor hätte. Ich bin stolz auf den Namen. Wo auch immer ich bin, ich bin ein ‚Soldat des Vaterlandes‘." Frau Ezzati grinst und fährt in ironischem Tonfall fort: „Soldat des Vaterlandes, Soldat des Vaterlandes. Das Land hatte solche Soldaten wie dich, deshalb ist es ja auch soweit damit gekommen. Das Foto auf seiner Seite stammt aus seiner Jugend. Alle denken, ein gutaussehender, junger Mann schreibe ihnen."

Frau Ezzati hat noch nicht zu Ende gesprochen, als Herr Ezzati plötzlich aufsteht, sich seinen Regenmantel über den Arm wirft, den Schirm nimmt, mir die Hand reicht und sich ohne eine Erklärung verabschiedet. Seine Frau beachtet er nicht und geht hinaus. Dies war mein letztes Treffen mit Herrn Ezzati, und es war kürzer, als ich gedacht hatte.

Alles Reden und die Gespräche mit Frau Ezzati bei nachfolgenden Treffen ändern ihre Meinung nicht. Sie besteht darauf, sich eine eigene Wohnung zu nehmen. Als Grund für ihre Trennung nennt sie Facebook. Ihre Kinder, die in Amerika leben, können das nicht verstehen und sind verärgert über ihre Mutter. Herr Ezzati nutzt diesen

Trumpf so gut er kann.

Trotz aller Schwierigkeiten, eine Wohnung zu finden, mietet Frau Ezzati ein kleines Appartement in der Nähe der Wohnung ihres Mannes. Und immer wieder geht sie unter dem Vorwand, etwas zu holen, unvermittelt dorthin und behält so mehr oder weniger die Kontrolle über sein Leben.

Nach der Trennung hat Frau Ezzati mehr Zeit. Damit sie sich in der Rolle der gebrochenen Ehefrau nicht langweilt, kommt sie zum Computerkurs unseres Zentrums. Die Teilnehmerinnen dieses Kurses sind mit den Grundlagen der Computernutzung noch nicht vertraut, aber sie sind bereits begeisterte Nutzer von Facebook. Jedes Mal bleiben mehrere Frauen nach dem Kurs da um sich auszutauschen. Frau Ezzati, die durch die Kontrolle über ihren Mann mit Facebook vertraut ist, hat die Betreuung der Gruppe übernommen.

Sie hält Facebook für den Grund des Zerfalls von Familien und schimpft immer wieder über seinen Gründer. Dennoch beantwortet sie eifrig die Fragen der Teilnehmerinnen. Wenn es ein Problem gibt, geht sie unter diesem Vorwand zu ihrem Mann und fragt ihn.

Bei der Nutzung von Facebook gibt es im Computerkurs unseres Zentrums immer Probleme. Jemand schließt sich irrtümlich einer Gruppe an, eine Nachricht geht an den falschen Adressaten, eine Nachricht an die Nichte erscheint beim Nachbarn des Neffen und es kommen auch absichtliche Fehler vor. Dann ist oft der Satz zu hören: „O weh, Gott strafe mich, schau, was ich getan habe."

Zu den Kursteilnehmerinnen gehört auch Frau Rahmatian. Vor drei Jahren ist sie aus Iran nach Deutschland gekommen. Sie ist eine hübsche Frau von vierzig Jahren mit hellbraunem Haar, tätowierten Augenbrauen und vollen Lippen, die sie meist mit einem kräftig roten Lippenstift schminkt. Sie ist mittelgroß, gewöhnlich trägt sie enganliegende Kleidung, die die Rundungen ihres Körpers deutlich zeigen. Sie sagt selbst, dass die Sachen bis vor einem Jahr locker saßen und sie nun darauf wartet, dass sie ihr wieder so passen wie früher. Frau Rahmatian lacht immer, wenn sie erzählt, dass sie zugenommen hat. Eigentlich ist sie auf der Suche nach einer Zauberspeise, mit der sie abnehmen kann. Wenn sie lacht, erstrahlen ihre regelmäßigen weißen Zähne zwischen den leuchtend roten Lippen in einem besonderen Glanz. Sie wirft ihren Kopf in den Nacken, schließt die Augen, reibt sie sich beim Öffnen und ruft aus: „O Leute!" Trotzdem liegt in den Augen von Frau Rahmatian ein Kummer, den auch ihr lautes Lachen nicht verdecken kann. Eine Art von Kummer, der scheinbar schon länger anhält und sie nicht loslässt.

Die bittere, emotionale Erfahrung der Trennung von ihrem Mann hat Frau Rahmatian über viele Monate in eine schwere Depression gestürzt. Sosehr, dass sie sich im vergangenen Jahr einige Wochen im Krankenhaus behandeln lassen musste. Obwohl es ihre Umgebung kaum glauben mag, nimmt sie noch immer Medikamente zur Besserung ihres Zustandes. Sie leidet an der Einsamkeit und sagt selbst, dass ihre Seele keine weitere Niederlage verkraften kann.

Frau Rahmatian macht es nichts aus, dass die anderen von ihrem Wunsch wissen, einen Mann kennenlernen und ein besseres Leben führen zu wollen. Sie möchte so schnell wie möglich Deutsch lernen, um sich mit deutschen Männern anzufreunden, von denen sie glaubt, dass sie gute Ehepartner sind. So wie sie sich wünscht, dass ein Wunder geschieht und sie ohne Probleme abnimmt, so möchte sie auch die deutsche Sprache durch eine Wunderspritze oder Zauberpille lernen. Die Deutschkurse nimmt sie nicht ernst und flucht: „Der Teufel hole die deutsche Sprache, sie ist so schwer!"

Mit ihrer Teilnahme an dem Kurs will Frau Rahmatian vor allem ihrer Einsamkeit entfliehen. Sie mag es, in Gesellschaft zu sein, es ist ein Zeichen für die Besserung ihres Gesundheitszustands. Während ihrer Krankheit war sie fast immer zu Hause geblieben. Sie hatte Angst hinauszugehen und unter Menschen zu sein, und jetzt fürchtet sie sich davor, dass sich ihr Zustand wieder verschlechtern und jene düsteren Tage wiederkommen könnten.

Frau Rahmatian kennt Facebook aus Iran und ist Mitglied im Netzwerk. Um Frau Ezzati nicht vor den Kopf zu stoßen, stellt sie ihr manchmal Fragen und berichtigt vorsichtig ihre Antworten. Diese Freundschaft hat dazu geführt, dass sich Frau Rahmatian mit einer anderen Gruppe von Frau Ezzatis Bekannten anfreundet und die Zahl ihrer Facebook-Freunde zunimmt, was ihr sehr wichtig ist. Meistens postet sie traurige Liebeslieder auf ihrem Facebook-Profil. Auf die erste Seite hat sie ein Schwarzweißfoto von sich gestellt, auf dem sie ihren Kopf seitlich gedreht hat, die Haare fallen auf ihre nackte Schulter, und sie schaut verträumt. Es ist ein Bild, das an die Fotos von Schauspielerinnen auf den Rückseiten von Zeitschriften erinnert, die vor einigen Jahrzehnten erschienen. Jedes Mal, wenn Frau Rahmatian es zeigt, sagt sie voller Stolz: „Das ist mein Foto, ich habe es gerade gemacht." Fast alle Betrachter erkennen mit einem Blick auf Frau Rahmatian und den Vergleich mit dem Foto, dass es bestimmt schon zehn Jahre alt ist. Aus Höflichkeit sagt dennoch niemand etwas.

Einen Monat vor den Ferien zum Jahreswechsel kommt Frau Ezzati zu mir, mit freudigem Gesicht und wie immer zurechtgemacht. Wegen ihres plötzlichen Auftauchens beschränkt sie sich nur darauf zu sagen: „Ich weiß, dass Sie zu tun haben, aber ich bin mit einer frohen Nachricht gekommen. Sicher freuen Sie sich darüber." Die frohe Botschaft von Frau Ezzati verringert zwar nicht den Umfang meiner Arbeit, trotzdem ist eine gute Nachricht von jemandem, der in den vergangenen Monaten nur über die Welt und sein Leben klagte, durchaus etwas Erfreuliches.

Als sich Frau Ezzati auf ihren Stammplatz setzt, scheint es mir, dass sie im Vergleich zu ein paar Monaten vorher dünner und die Fältchen unter ihren Augen tiefer geworden sind. Sie schweift etwas ab und sagt schließlich: „Ich bin zu unpassender Zeit gekommen, was rede ich, lassen Sie mich zum Punkt kommen." Ich denke bei mir: „Hat sie es schließlich eingesehen!" Dann setzt sie sich auf dem Stuhl zurecht und fährt fort: „Ich fahre für zwei Monate nach Amerika, um meine Kinder zu besuchen. Ich sehne mich nach ihnen. Eine Zeit lang hatten wir keinen Kontakt, jetzt ist es Gott sei Dank besser geworden. Schließlich haben sie ja Recht. Er ist ihr Vater, er ist doch kein schlechter Mensch und war ein angesehener Mann. Er hat sich doch gut um die Kinder gekümmert." Dann wird sie rot, sie wendet das Gesicht zur anderen Seite: „Jetzt geht es ihrem Vater auch besser. Er hat sich geändert, und ich habe auch eingelenkt. Die Wohnung habe ich aufgegeben und meine Sachen in seinem Keller untergestellt. Ich selbst bin aber noch nicht zu ihm zurückgegangen. Zuerst besuche ich die Kinder. Wenn ich wiederkomme, gehe ich in unsere Wohnung zurück. Was macht es für einen Sinn, dass der Mensch allein lebt? Ich denke, er ist genug bestraft worden, es geht ihm nicht gut. Er ist schließlich älter geworden und braucht jemanden, der sich um ihn kümmert. Auch die Kinder bestehen darauf, dass wir wieder zusammenkommen. Er sagt selbst, dass er mit seinen früheren Aktivitäten aufgehört hat und bei Facebook jetzt nur noch mit den Kindern befreundet ist. Er hat mir auch angeboten: „Wenn du möchtest, steige ich ganz aus." Aber ich habe gesagt: „Nein, so bleiben wir über die Lage in Iran und über unsere Verwandten informiert. Ich selbst habe mein Facebook-Konto gelöscht. Ich habe keine Lust mehr, was soll ich da in meinem Alter?"

Frau Ezzati fährt weg und ich höre von den Kursteilnehmerinnen, dass man sie vermisst. Frau Rahmatian bedauert, dass sie nicht mehr bei Facebook ist und man nichts von ihr erfahren kann.

Frau Ezzati ist noch nicht lange verreist, als mich Frau Rahmatian im Korridor sieht und lachend voller Begeisterung erzählt, dass durch den Computerkurs letztlich ihr Wunsch erfüllt wurde. Sie hat ihren Traummann kennengelernt und sie werden sich dieser Tage treffen. Sie erzählt mir, dass sie jeden Abend über Facebook miteinander chatten und er sei genau der Mann, auf den sie immer gewartet habe. Ein gutaussehender, kultivierter Mann, der seit Jahren hier lebt und aus dessen Worten deutlich werde, dass er Lebenserfahrung besitzt und er ihre Einsamkeit in der Fremde vertreiben kann.

Frau Rahmatian berichtet überschwänglich von ihrem Flirt und es scheint, dass sie die Sache selbst noch weiter ausschmückt, um daraus eine vollkommene Liebesgeschichte zu machen. Angelockt von ihrer Erzählung kommen einige Kursteilnehmerinnen näher und sie schwärmt nun mit noch größerer Begeisterung. Ich schaue in die Augen von Frau Rahmatian und stelle fest, dass der Kummer darin verschwunden ist. Eine der Frauen aus der Gruppe sagt lachend: „Einen solch faszinierenden Soldaten haben wir noch nicht gesehen, das ist so romantisch." Auf meinen verwirrten Blick hin antwortet Frau Rahmatian: „Er nennt sich bei Facebook ‚Soldat des Vaterlandes'."

Mir wird ganz anders zumute und ich merke, wie mein Gesicht vor Ärger rot anläuft. Der Zorn macht aus mir einen hartherzigen Menschen, der die Schönheit der Liebe mit Ratschlägen zerstört, von denen ich selbst weiß, dass sie zwecklos sind. „Man muss mit diesen Internetfreundschaften sehr vorsichtig sein, man weiß nie, was davon wahr ist. Möglicherweise bekommt man dadurch ernsthafte Probleme." Frau Rahmatians Gesicht entnehme ich die Erwartung, dass ich gehe, damit sie ihre Liebesgefühle mit den anderen teilen kann. Alle schweigen und ich weiß, dass ich verschwinden muss. Ich beschwichtige mich: „Was geht es mich überhaupt an?!" Das denke ich, aber ich weiß, dass ich bald Zeugin eines ernsthaften Konflikts sein werde. Das Gesicht von Herrn Ezzati erscheint vor meinen Augen und in meinem Kopf wird das Bild seines großen, langen Regenschirms deutlicher.

Ich kehre in mein Zimmer zurück und suche im Internet nach dem Gründer von Facebook. Wenn Frau Ezzati nach ihrer Rückkehr nach seinem Namen sucht, möchte ich ihr die Antwort geben, damit ihre Flüche an die richtige Adresse gehen.

Im Sujet Verlag erschienen.

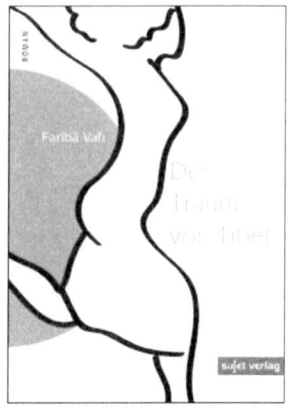

Der Traum von Tibet
von Fariba Vafi

aus dem Farsi von
Jutta Himmelreich

Roman
232 Seiten, 21,00 € (gebunden mit Schutzumschlag),
ISBN: 978-3-96202-023-1
1. Auflage 2018

Die Suche nach Freiheit, der Wunsch nach Selbstbestim-
mung - zentrale Themen in Vafis Romanen - spielen auch
in „Der Traum von Tibet" eine wichtige Rolle.

Die junge Scholeh leidet unter Liebeskummer und flüchtet
zu ihrer Halbschwester Schiwa und deren Mann Djawid.
Während Scholeh ihre eigenen Sorgen plagen, beginnt sie
die Zufriedenheit der anderen zu hinterfragen: Ist Schiwa
mit ihrem Mann glücklich? Hat Djawid größere Träume als
eine Familie? Was bedeuten Intimität, Ehebruch und Au-
toritätskritik?

Fariba Vafi wurde 2017 für ihr Werk „Tarlan" mit dem Li-
Beraturpreis ausgezeichnet.

*„Fariba Vafi zeigt in ihrem Roman, dass die Trennung von der
eigenen Familie zu Selbstbestimmtheit führen und einen Übergang
von der Vormoderne zur Moderne schaffen kann."*

Zari Naimi

Nachtvögel
von Pascal Manoukian

aus dem Französischen
von Dorothee Calvillo

Roman
394 Seiten, 24,80 € (gebunden)
ISBN: 978–3-96202–002-6
1. Auflage 2017

Europa 1992. In Villeneuve-le-Roi bei Paris treffen sie aufeinander: Virgil, der in einem LKW-Unterboden aus Moldawien geflohen ist, Chanchal aus Bangladesch und der Somalier Assan, der seine Tochter Iman vor Bürgerkrieg und Unterdrückung zu retten versucht. Sie kommen als Vorhut der vielen, die in den darauffolgenden Jahren Europas Grenzen überwinden werden. Als „Sans-Papiers" schlagen sich die vier in Frankreich durch, bilden eine Schicksalsgemeinschaft, erleben Misshandlung, Ausbeutung und Verachtung, aber auch Solidarität und Menschlichkeit. Manoukians mitreißend erzählte Geschichte zeichnet sich aus durch die berührende Schilderung menschlicher Schicksale und eine kenntnisreiche, akribisch recherchierte Darstellung der Bedingungen, denen flüchtende Menschen auf ihrem Weg sowie in ihrem Zielland ausgesetzt sind.

„Die Geschichte wird auf zutiefst menschliche Weise erzählt. Von innen heraus. Denn dort findet sich das, was keine Kamera, keine Reportage erfassen kann."

LeFigaro littéraire

Kleines Buch der Migrationen
von Pedro Kadivar

Essay
170 Seiten, 16,80 € (gebunden mit Schutzumschlag)
ISBN: 978-3-944201-86-3
1. Auflage 2017

In seinem literarischen Essay setzt sich Pedro Kadivar mit der Thematik der inneren und äußeren Migration auseinander. Strukturierendes Element ist dabei die Biographie des Autors: Einst im Iran geboren, emigrierte Kadivar erst nach Paris, später nach Berlin. Radikal in seiner Form der Integration, legte er die Muttersprache später gänzlich ab und unterdrückte so die eigene Herkunft. Neben persönlichen Einblicken in das Leben eines Migranten bietet der Essay Überlegungen über die Bedeutung der Migration in der Kunst und bezieht sich auf wichtige Figuren der Kunst- und Literaturgeschichte wie Dürer, Giorgione, Proust, Beckett und Hedayat.

„Pedro Kadivar besetzt den Begriff Migration im Gegensatz zu heutigen Konnotationen positiv, fächert ihn weit auf um seine verschiedensten Aspekte anhand von Biografien, Kunst und Literatur und vor allem der Sprache zu untersuchen."

Barbara Zaizinger

Eingeborne zuerst!
von Fatou Diome

Roman
100 Seiten, 12,80 € (Softcover)
ISBN: 978–3-933995–95-7
2. Auflage 2018

Fatou Diome wurde 1968 in Senegal geboren und von ihrer Großmutter aufgezogen. Nach diversen Ortswechseln aufgrund ihrer Arbeit und Studien, heiratete sie im Alter von 22 Jahren einen Franzosen und folgte ihm nach Europa. Heute lebt sie in Frankreich und promoviert in französischer Sprache und Literatur an der Universität Straßburg.

Sie veröffentlichte zunächst mehrere Kurzgeschichten. Im Jahre 2003 folgte dann ihr Debüt „Der Bauch des Ozeans" (2003), für den sie 2005 den LiBeraturpreis gewann.

„[…] nicht zuletzt arbeitet Diome schon in ihrem ersten Erzählband mit Querverweisen auf die französische Literatur- und Philosophiegeschichte – Descartes, Voltaire – ebenso wie mit Anspielungen auf aktuelle gesellschaftliche Probleme."

Manfred Loimeier

Gare du Nord
von Abdelkader Djemai

Aus dem Französischen von
András Dörner

Novelle
100 Seiten, 10,80 € (Softcover)
ISBN: 978-3-933995-69-8
1. Auflage 2011

Abdelkader Djemaï wurde 1948 in Oran, an der algerischen Mittelmeerküste geboren und lebt seit 1993 im Exil in Frankreich. Als Journalist arbeitete er unter anderem mit der von Jean-Paul Sartre gegründeten Zeitschrift „Les Temps Modernes" zusammen. Er ist Autor zahlreicher Novellen, Theaterstücke und Romane.

„Mit großer Zärtlichkeit porträtiert der Autor die drei Alten, die einander ein Stück algerische Heimat sind und sich so gegenseitig vor der Vereinsamung in der Fremde bewahren. Gleichzeitig bringt er den europäisch sozialisierten Lesern sanft die Welt der maghrebinischen Einwanderer nahe."

DeutschlandRadioKultur

Das Schweigen meines Vaters

von Doan Bui

aus dem Französischen
von Philippe Wellnitz

Roman
256 Seiten, 21,90 € (gebunden)
ISBN: 978-3-96202-006-4
1. Auflage 2018

Der Vater von Doan, einer jungen Frau, die als Kind vietnamesischer Eltern in Frankreich aufwächst, wird Opfer eines Schlaganfalls und kann nicht mehr sprechen: Da wird der jungen Frau Doan bewußt, dass sie eigentlich nichts von ihm weiß, von seiner Vergangenheit, von seiner Herkunft. Jetzt ist es zu spät, um Antworten auf ihre Fragen zu erhalten. Sie weiß nichts, bzw. hat nie die Geschichte ihrer Familie erforscht, die als Exilanten Vietnam verlassen haben. Mit dem Schweigen ihres Vaters konfrontiert, geht sie wie ein Detektiv auf Spurensuche. Sie entdeckt Archive, befragt Zeitzeugen, bringt Photos zum Sprechen. Und so setzt sie das Puzzle Stein für Stein zusammen ...

„Schreibstil und Atmosphäre des Romans sind genau so melancholisch, wie die Protagonistin selbst. Besonders gelingt es der Autorin, die Leser über die Recherche und der Suche nach den Wurzeln ihrer selbst das Gefühl der Entwurzelung und des Alleinseins zu vermitteln."

Christine Leitner

Schiller Connection
von Shahram Rahimian

Roman
312 Seiten, 14,80 € (Softcover)
ISBN: 978-3-933995-68-1
2. Auflage 2012

Der Hamburger Krimi „Schiller Connection" beginnt mit dem Fund einer identitätslosen Leiche an der Alster und der Suche des persischen Übersetzers und Ich-Erzählers Joseph Ayene nach dem Mörder. Shahram Rahimian schildert in diesem Roman auf amüsante Art das Leid von Menschen, die ihre Vergangenheit nicht vergessen und ihre Zukunft nicht nach eigenem Willen bestimmen können.

„Ein Buch, das Spaß macht und für alle zu empfehlen ist."

Trin-Malen Reese

Schatten in Teheran
von Mitra Gaast

Roman

152 Seiten, 12,80 € (Softcover)
ISBN: 978-3-944201-27-6
1. Auflage 2014

Kurz vor dem Neujahrsfest verteilt die Iranerin Banu Halwa unter den Nachbarn und bittet um Gebete für die Seelen der Toten. Dabei denkt sie an den Strom der politischen Ereignisse, die das Leben ihrer Familie gezeichnet haben, an die Revolution und den Krieg. Ihr Sohn wollte als Arzt Menschen helfen, ihr zweiter Sohn liebte die Freiheit. Ihre Tochter war bereit, für das Glück weite Wege zu gehen, ihre zweite Tochter zog sich ganz ins Muttersein zurück. Und ihr Schwiegersohn war selbst im Krieg, doch er beschäftigt sich lieber mit seinen Büchern, als vom Krieg zu erzählen...

„Mitra Gaast erzählt ihre zutiefst traurige und tragische Geschichte mit durchscheinender Leichtigkeit und einem Detailreichtum, der alle Sinne aktiviert in einer zutiefst poetischen, metaphernreichen Sprache."

Gerrit Wustmann

Denn du wirst dich erinnern
von Mitra Gaast

Roman

370 Seiten, 24,80 € (gebunden)

ISBN: 978-3-944201-84-9

1. Auflage 2017

An das Schicksal glaubt die alleinstehende He-diyeh, genannt Heddy, schon lange nicht mehr. Als sie mit 18 Jahren aus dem Iran zum Studieren nach Deutschland ging, verlor sie nicht nur den Kontakt zum Heimatland. Auch ihre Jugendliebe Amin, der von einem Tag auf den anderen aus ihrem Leben verschwand, konnte sie trotz zahlreicher Briefe nie wieder ausfindig machen. Doch das Schicksal lässt sie nicht los: Auf Anraten ihrer Freundin Pia beschließt Heddy, nach 25 Jahren, doch in ihr Geburtsland zurückzureisen, und sich auf die Suche nach ihrer eigenen längst vergessenen, Vergangenheit zu machen.

„Dabei gelingt es der Autorin, die relativ komplexe Geschichte des Irans bis in die 1980er-Jahre fesselnd zu beschreiben. Wer die Geschichte des Irans nicht so gut kennt, findet am Ende des Buches einen Überblick über die wesentlichen Ereignisse von 1901 bis 1988 - dem Zeitraum, welcher im Buch beleuchtet wird.“

Jens Drummer

Ich bin Ausländer und das ist auch gut so
von Mahmood Falaki

Kurzgeschichten
156 Seiten, 12,80 € (Softcover)
ISBN: 978-3-944201-17-7
4. Auflage 2018

„Was für ein Landsmann sind Sie?!" „Ich komme aus Persien." „Brasilien? Aber Sie sehen nicht wie ein Indio aus!" „Nein, Persien, Iran!" „Ach so, Iran! Sie sind Muslim!" „Nein!" „Nein? Gibt es in der Türkei auch Christen?" In seinen pointierten Kurzgeschichten und Momentaufnahmen skizziert Mahmood Falaki auf humorvolle Art Begegnungen von Menschen verschiedener Kulturen. Mit ironisch distanziertem Blick beschreibt er komische Dialoge und Missverständnisse, die sich aus den unterschiedlichen Blickwinkeln der Protagonisten ergeben und zum Überdenken eingefahrener Sichtweisen und Vorurteile anregen.

„Bei allem wunderbaren Witz verliert Falaki nie die Bodenhaftung und bringt die Dinge auf den Punkt. Das Schwere ist ist schwer, das Leichte ist leicht und alles das ist manchmal auch ganz anders."
Anne Fitsch

Tödliche Fremde
von Mahmood Falaki

Roman

317 Seiten, 22,80 € (gebunden mit Schutzumschlag)
ISBN: 978-3-96202-022-4
1. Auflage 2018

Seinen neuen Roman „Tödliche Fremde" nutzt Mahmood Falaki zur Thematisierung der aktuellen „Fremden"- Problematik und Erkundung universeller zwischenmenschlicher Komplikationen um Liebe und Tod.

„Wo beseitigt man in Hamburg eine Leiche?" Das ist nur eine von vielen Fragen, die den Protagonisten Nima, einen 43-jährigen Hamburger Lehrer beschäftigen. Um ihn herum scheinen alle nicht mehr ganz bei Trost zu sein. Um diesem Irrsinn zu entfliehen, bricht er zu einer Reise in sein Herkunftsland auf, den Iran. Im Iran erlebt er nicht nur einen Kulturschock, sondern auch Korruption, Unterdrückung und Behördenwillkür. Mit Nimas Augen blickt auch der Leser in das wahre Gesicht eines autoritär-religiösen Systems, das die Menschen zwingt, merkwürdige Wege zu finden, um die islamischen Gesetze zu umgehen und der Repression auszuweichen.

„Tödliche Fremde" wird somit zum vieldeutigen Titel eines höchst zeitgemäßen Romans, der die Probleme, die allenthalben debattiert werden, aus der Perspektive der Betroffenen thematisiert."

Gerrit Wustmann